ポトマック川《リバー》のほとりで

~1960年代　文無し新婚夫婦のアメリカ滞在記~

石川有為子

文芸社

目次

まえがき

「新婚生活は古き良きアメリカで」――。1960年代前半、戦後20年もたっていない貧しい日本のことです。当時、繁栄を謳歌していた別世界で何年間も暮らしていた、と他人が聞けば、うらやましがられるような経験かもしれません。でも、実際は岩手県の田舎から出てきた若い2人にはお金も頼るあてもなく、苦労の連続でした。

父・石川栄一《えいいち》には「猪突猛進《ちょとつもうしん》」なところがありました。目標を決めたら「当たって砕けろ」「何とかなるさ」という無鉄砲ともいえる精神で行動に移してしまいます。大学を卒業後、地元・岩手県で政治家の秘書をしながら、資金もないのに米国に留学する準備をひそかに進めていたそうです。

憤懣《ふんまん》やるかたない思いだったのは、母・有為子《ういこ》でした。

そんな話は聞いていません。しかも、新妻を日本に残して3年も留学するといいます。留学費用がないので、時々仕送りしてほしいとも頼まれていたそうです。

新婚3カ月、夫は早くも渡米のために機上の人になりました。見送りの羽田空港でがっ

羽田空港で夫を見送る有為子（中央）

くりと肩を落とし、親しい女性に支えられるようにして涙する有為子の白黒写真が残されています。

東京のアパートにひとり暮らす有為子のもとに、しばらくして栄一の留学先、米アーラム・カレッジ（Earlham College）からちょうど日本の早稲田大学に留学にやってきていた米学生グループが遊びにきたそうです。さすがに新妻を置き去りにしたのはまずいと思った栄一から、様子を見てきてほしい、とでも頼まれたのでしょうか。

人権の意識が強く、女性への配慮も行き届いたアメリカ人のことです。「それはかわいそうだ。全面的に支援するので、すぐに夫を追って米国に行くべきだ」。片言の日本語で、こんなやり取りが学生たちと有為子の間であったことは、想像に難くありません。

そして事態は急展開。有為子も予期せぬ渡米を決断することになったのですが……。

このアメリカ滞在記は、いまは亡き父母がそれぞれ書き残した手記をひとつにまとめるという形式を取っています。父の手記はアメリカ滞在中と帰国後まもなく書かれ、「石の上にも三年」と題した小冊子として自費出版されました。母はアメリカ滞在から約60年後、80代半ばになって若い頃の記憶をたぐり、書き残しました。そのために曖昧な点も少なくありません。そこで、夫婦2人が一緒に体験したさまざまな出来事について双方の文章を並べてみれば、事実が分かりやすく、新味も出るのではないかと編集し直しました。

滞在記はファミリー・ヒストリーともいうべきもので、本来は一般に広くお配りすべきものではなかったかもしれません。それでも、1960年代の米国での留学の様子や日常生活をかなり詳細に描いていて、少なからず興味深い作品になるのではないかと、出版社に市販をお願いすることにしました。それが母の遺志でもありました。

いまでは多くの日本人が駐在員や学生、移住者などとしてアメリカで簡単に暮らせる時代になりました。そうした方々にも、60年前の日本人の苦労話の中に面白く感じる場面があるかもしれません。日本から米大学・大学院への留学を目指す若い方にとっても、何か参考になるような体験談が含まれているのではないかとも期待しています。

栄一と有為子の渡米は、アーラム・カレッジが参加するGLCA/ACM（五大湖・中西部私立大学連盟）と早稲田大学による国際学術交流プログラムが始まった、まさにその時に当たっていました。交換留学制度など戦後の日米学術交流の先駆けともいえるこの重要なプログラムに、父母にまつわるささやかなエピソードを添えていただきたいという勝手な願いもあります。

「ジャパン・スタディ（Japan Study）」と名付けたこのプログラムは２０２３年に60周年を迎え、なお毎年、双方が多くの学生を交換留学に送り出しています。日米の相互理解の促進、ひいては日米関係の発展に貢献してきました。

私自身、１９８６~８７年に父に続いてアーラム・カレッジで学び、貴重な経験をさせていただきました。わが家で何人もの早稲田大学への外国人留学生がホームステイしていたことも思い出されます。

早稲田大学とアーラムの交流は１９７３年、岩手県での異文化教育交流の事業開始につながりました。アーラムの学生が田野畑村で早稲田大学のサークル「思惟の森の会」の合宿に参加した後、盛岡市の公立中学や高校で英語の補助教員を務めながら、日本の教育、文化、社会を学ぶことを柱とした先進的なプログラムでした。

岩手県での異文化教育交流が始まる前、当時の千田正県知事に師事していた栄一にもアーラムから照会があったようです。故郷・岩手県とアーラムの交流も２０２３年に50周年を迎え、栄一も生前、陰ながら応援し、その発展を喜んでおりました。

父母が大変お世話になったアーラムをはじめGLCA/ACMの参加各大学と早稲田大学、そして岩手県との交流がますます深まることを、いまは亡き2人からの感謝も込めて祈念します。

石川　陽平

第1章　夫を追って渡米

～60年前の留学生活～

新婚３カ月で夫が単身留学

「さあ、日本へ帰るぞ！」

夫のこのひと言で、私たち夫婦は帰国することになりました。１９６５年（昭和40年）のことです。その時、アメリカ合衆国の首都ワシントンに住んでいたのです。

夫・栄一は１９６２年秋に、勉学のため単身渡米しました。私たちはその年の８月、[1]千田正先生の媒酌で結婚したばかりでした。私は夫を追って、１９６４年のお正月、アメリカにやってきたのです。

それから２年近く、私たち夫婦はワシントンで一緒に暮らすことになりました。当時の日本はまだ新幹線も高速道路もなく、世界の中では、「貧しい東洋の国」の一つでした。貧しくとも夢のあるアメリカ生活だったことを思い出します。

夫は結婚前から、着々と留学の準備を進めていたそうです。ついに１９６２年11月、未知の旅へ出発となりました。羽田空港で友人や知人の皆さまに「バンザイ」「バンザイ」「バンザイ」と万歳三唱で見送られ、ジェット機に乗り込みました。離陸の時には皆で手を振って見送りました。

当時、羽田空港から海外へゆくのは、大変に名誉なことで、憧れでもありました。出発前には、皆さまに盛大な送別会も開いていただきました。

新婚でひとり残された私はがっくりです。しばらくは「がまん、がまん」と耐える日々でした。そんな私に、夫から週に2通はエアメールが届きました。留学していた大学のこと、寮生活のこと、ジョン・F・ケネディ大統領の暗殺事件も大学のキャンパスで知ったことなど、アメリカでの様子を知らせてくれました。

米アーラム・カレッジの学長が「保証人」に

そのころのことでした。夫の留学先だったアーラム・カレッジ（インディアナ州リッチモンド）のジャクソン・ベイリー先生が、学生たちを連れて、東京を訪れていたのです。アメリカ各地の大学から多くの学生さんたちが早稲田大学に学びに来ていました。[2]ジャ

[1]元岩手県知事、元参議院議員。夫・栄一が1961年に早稲田大学を卒業後、秘書をしていた。1年半あまりの秘書の給与では、当時高額だった渡航費や当面の滞在費を蓄えるのは難しく、友人や知人からカンパも募ったという。

見送りの人たちに手を振る栄一

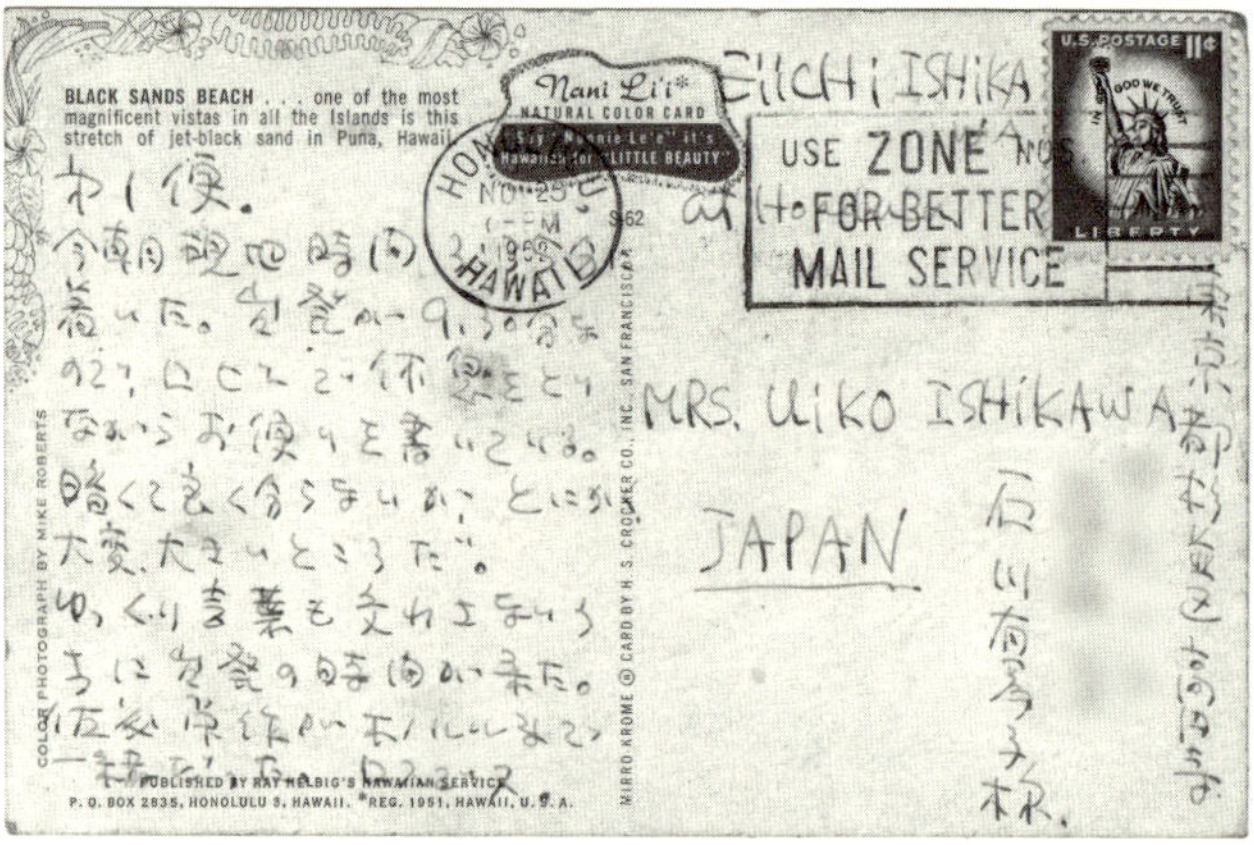

経由地であるホノルルから最初に届いたエアメール

パン・スタディと呼ぶ国際学術交流プログラムが始まったばかりの時だと思います。ベイリー先生は、背の高い、物腰の柔らかい、やさしい先生でした。日本語がお上手で、もちろん何でもお話ができました。

私がアメリカに行くことができた「奇蹟」のような出来事については、今まで深く考えずに過ごしていました。当時のことを思い返してみて、皆様からいただいたさまざまなご厚意に、感謝の気持ちでいっぱいになります。

１９６０年代はまだ、一般の日本人女性が海外に出ることは難しい時代でした。アメリカに入国するためには、必ず現地の「保証人」が必要でした。私の「保証人」となって下さったのは、夫がお世話になっていたアーラム・カレッジの[3]プレジデント様（学長）です。どうしてもお名前が出てきません。肝心のお名前を忘れてごめんなさい。

２米中西部のインディアナ、ミシガン、オハイオ各州のリベラル・アーツの大学が集まり、早稲田大学との間で「ジャパン・スタディ」を創設。最初の留学生グループ20人あまりが１９６３年９月から早稲田大で学んでいた。

３当時のアーラム・カレッジ学長はランドラム・ボーリング氏。ボーリング学長と日本研究のベイリー教授が、ベイリー氏の師でもあったエドウィン・ライシャワー米駐日大使の助言と協力を得て、早稲田大との「ジャパン・スタディ」の創設に尽力した。

栄一・有為子の恩師ともなったジャクソン・ベイリー教授(1987年撮影)

私は確かに、「保証人」になると書かれたそのお手紙を見ました。手紙の最後に「プレジデント」の署名もありました。アーラム・カレッジからベイリー先生に届けられたものだったのでしょう。いつもお忙しいなか、ベイリー先生ありがとうございました。プレジデント様もありがとうございました。

難関の米大使館面接

それでもまだ難関がありました。「アメリカ大使館での面接」です。渡航のための書類は整っているはずでしたが、どうして米国大使館に呼び出されたのでしょうか。東京の赤坂まで、どんな心持ちで面接に行ったのか憶えていませんが、その場面はいまでもありありと目に浮かびます。

面接室で私の前には3人の大使館員が座りました。そのうち女性の大使館員が主に質問しました。他の男性2人は通訳の方だったようです。

「何のために渡米するのですか」「米国では、どこに行きますか」「夫は米国で何をしていますか」――。次々と質問を受けました。

最後に係の人が、机の上に何枚もの写真を並べました。パスポート用の写真でしょうか、男性の顔写真が５、６枚です。

忘れられない光景です。うす暗い部屋がそこだけ明るく、写真にスポットライトが当たっているように見えました。それらのなかには夫の写真もありましたから、何を聞かれるのかとドキドキしていました。

「この中にあなたの夫はいますか？」

答えはもちろん「イエス」です。私は夫の顔写真を指しました。60年も前の、夢のような、ドラマのような出来事でした。米大使館でのことは、他には何も憶えていないのです。でも、この場面だけは何十年たっても忘れられません。戦後まだ20年もたっていない、アメリカへの女性の渡航には本当に厳しい時代でした。いまでは信じられないような話です。

米留学生と一緒に渡米へ

ベイリー先生と東京・麻布の教会でお会いしたり、アーラム・カレッジの学生さんが私のアパートを訪ねてきたりして、少しずつ交流を深めていました。そして学生の皆さんとベイリー先生が帰国する時に、私も一緒にアメリカへ行くことになったのです。先生には私の分まで余分にお手数をおかけしました。

（夫・栄一の手記より）

小さな大学の一つの大きな特色は、何といっても、家族的なコミュニティー・スピリットの旺盛なことだと思う。ふつう、日本では考えられないような身近な実例を一つ。アーラムは外国研究グループを毎年5、6カ国に派遣するプログラムを過去10年以上続けている。ちょうど日本グループに参加した友人が東京にいた妻と親しくなり、帰国の間際に、夫婦が離れて暮らしているのはかわいそうだから、一緒の飛行機でアメリカにいるハズ（夫）のところに連れていってやろう、ということになったらしい。ある日、担当の教授が君のワイフ（妻）が来るそうだが「オメデトウ」といわれたのには、逆にこっちが驚いた。だいたい、貧乏学生が一人で生活するのも大変なのに、と思っていた矢先なので、何かの間違いではないかと留守中の妻に問い合わせてみて、またビックリ。かなり具体的に、どうするかというところまで話が進んでいるらしい。

一番手っ取り早く面倒でないのは、学長に、妻と一緒に生活しても勉学にはさしつかえない旨の手紙と、一切の経費は学長が出すというオール・ギャランティの手紙を書いていただくことだと分かった。

しかし、いくら強心臓の私でも、それほど親しくなるところまでいっていない一留学生が、そんなことを大学の学長にお願いできるはずがない。一夜考えぬいた末に、学長と親しい日本びいきのロイ・シャックマンという就職部長に一切を話して、可能性を問うてみることにした。

しばらく考えていた彼が、喜んでこの難しい役を引き受けると約束してくれた。翌日、結果を聞きに指定の時間にオフィスを訪ねたら、学長がすぐＯＫして、必要な書類をさっそく作成してくれる旨を、さも自分のことのように、ニコニコしながら話してくれた。

かくて、妻の渡米が実現したわけだが、全く瓢箪からコマが出たようなものだった。すべて、善意と厚意、可能性のあることをまず実行しようとするその態度は、アメリカ人のある一面を確かに表している。まわりの人たちがどんな考えでいようが、相手がどう反応しようとおかまいなく、自分が良いと思ったら、さっそく実行に移すのだ。

アメリカに向かう長旅の機中でどうしていたのか、学生さんたちの話し声は聞こえていましたが、自分のことは何も思い出せません。私たちの乗った飛行機はシカゴの空港に着陸しました。ここから学生さんたちは、それぞれの故郷へとローカル線の飛行機に乗り換え、お別れしました。

私はアーラム・カレッジに戻る学生さんたちと、初めてローカル線の小さな飛行機に乗りました。機体がガタガタとゆれるような感じでした。私もですが、皆さんも疲れていたのか、静かに窓から下界の灯りを眺めていました。

米大学生活

急に飛行機が降下し、機体が弾むように着陸しました。そこは暗い広場のようなところでした。アーラム・カレッジのあるリッチモンド近くの空港に着いたのです。

実はそのころ、夫はアーラム・カレッジから首都ワシントンに移っていました。首都での特別研究グループに参加していたのです。

私を迎えて下さったのはアーラム・カレッジのロイ・シャックマンさんでした。その夜は彼の家に泊まらせていただき、アメリカ生活の始まりとなりました。米中西部のインディアナ州にあるリッチモンドは小さな町です。シャックマンさんのご自宅も小さなかわいい家で、歩くと床がカタカタ鳴りました。

その晩、長旅で疲れていた私は暖かいベッドで、翌日起こされるまでぐっすり寝ていたようです。東京でお会いしていた学生のメアリー・レスターさんたちが迎えにきてくれました。これからアーラムを見学にゆくのです。

アーラムは全寮制で、全米各地から集まる学生たちが寮生活を送っています。見学して回ると、どこでも大勢の学生さんたちにお会いしました。夫はここの寮で1年間、徹底的に英語の勉強ができたそうです。最初のころのレポートは真っ赤に直されて戻ってきたと言っておりました。

夫は自分で大学を選び、自分で交渉したのです。何とか最初の一歩として、アーラム・カレッジに入れていただきました。どのようなやりとりをしたのでしょうか、よく許可して下さったと思います。1年間とはいえ、授業料と寮費、生活費がずいぶんかかったことでしょう。どうやって工面したのか、夫の口からは詳しい話を聞いていません。いえ、もしかして、聞いていたかも知れませんが……。

（夫・栄一の手記より）

春の新学期に間に合うように、ニューヨークの摩天楼をあとにしたのは、1963年の3月25日、比較的寒さを感じさせない真夜中であった。

時速80マイル（約130キロメートル）を出す、グレイハウンドという犬の名前からとった長距離快速バスに、トランク2個とタイプライターを抱えて、乗客の1人になったわけである。これから展開されるであろう新しい学生生活に、期待と少しばかりの不安の入り交じった気持ちとが深夜の睡魔と交錯して、かなりの時間眠ったらしい。

朝、気がついて見ると、隣の座席にどこから乗ったのか分からないが、美しい女子学生がいた。典型的な東北人だと自称している私は、話し出す機会を逸して、窓外の景色と彼女の美しい横顔に視線を走らせるにとどまってしまったが、朝夕こんな学生たちと生活をともにできるのかと思うと楽しい気持ちになった。

あとで知ったのだが、彼女のほかに6、7名の学生が同じバスにいて、みなアーラムの学生であることが分かった。バスで来るもの、飛行機、スクーター、オートバイ、自家用車、あるいは家族一同でドライブを楽しみながら来るものと、いろいろある。

簡単にアーラムの概略を記すと、１８４７年の創立だから１２０年近くの歴史を持つ。学生数は千人足らずの、小さな、しかし5クエーカー教徒の信条を背景に、高いアカデミックな水準と伝統とを誇っている典型的なアメリカのスモール・カレッジである。アメリカ中西部、デイトン・オハイオの西40マイルにある人口４万５千のリッチモンド・インディアナの郊外。樹木と芝生に囲まれ小高い丘の上に、１２０エーカーのキャンパスを持つ。５つの大きな学生寮と千人以上の学生を一度に収容できる食堂兼学生センター、教室、新しい大きな図書館、体育館、教会、運動場、そのほかたくさんの建物があり、愛敬もののリス君たちがその間を走りまわって楽しませてくれ

４栄一の手記によると、１９６２年11月の渡米後、しばらくロサンゼルスとニューヨークに滞在していた。いつ、どのようにアーラム・カレッジを留学先として選んだのかは不明だが、当時のアーラムはすでに多くの留学生を世界各国から受け入れていた実績があった。日本からの留学生も少なくとも栄一を含めて３人いた。

５クエーカー（別名・フレンド派）は17世紀に起こったキリスト教プロテスタントの一派。アーラム・カレッジはその使命として「真理の追究」に資する教育の提供を掲げる。リベラルな学風、特に平和主義で知られる。

四季折々の美しい姿を見せるアーラム・カレッジのキャンパス
写真提供／アーラム・カレッジ

る。

新入生の大半が高校で25番以内にいた学生で、入学率は約３倍。大小あわせて１５００以上あるアメリカの大学の１つだが、卒業生の40％が大学院の専門の分野に進学し、教授陣の半分以上がドクター（博士号）か博士号取得候補者の資格を持っている。したがって授業料はとても高く、一流の大きな私立大学と何ら変わらない。

設備がよく待遇がよければ、優秀な教授陣がたくさん集まってくるので、その点、日本とは事を異にしているようだ。だんだんに分かってきたのだが、肩書や出身地、地位、年功序列によって教授の評価が定まるのではなくて、あくまでも、その学問的業績や、何を学生にしてあげられるかによって定まるので、学生よりも先生の方がいっそうの努力をしなければならないし――本当はそうあるべきなのだが――生存競争が激しい印象を受けた。現在でも、その確信をますます深めている。

アメリカには、２学期制と３学期制の２つのシステムがあり、アーラムは後者を採用している学校で、１学期が大体12週間単位でできている。日本では新学期は４月ということになっているが、アメリカは夏休み後の９月中旬から下旬にかけて、いっせいに始まる。

アーラムでは卒業まで最低30コースが必要だから、1学期に3コースから4コースの割合でとる。外国人の場合、2コースが標準。参考までに私のとったコースは、アドバイザーのすすめもあって、春にはフレッシュマン・イングリッシュ・Iとアメリカン・ガバーメント・Iの2つ。秋には春の続きで、それぞれの最終の冬の学期は、アメリカの首都ワシントンの特別研究グループに参加して、社会学の実地研究と地理的政治学（または地政学ともいう）の2コースといった具合だ。

これは12〜13名のグループが選ばれて、ワシントンのアーラム・ハウスで共同生活をすることが原則であるが、特別の配慮で、友人の家族と一緒に生活しながら、生活費の節約を兼ねるという一石二鳥の名案を実行。したがって3カ月間のロビンソン家での生活は、寮のそれとは異なった意味で学生生活にバラエティーを加えてくれた。

イングリッシュI・IIは読書、思考力、ディスカッション、作文の仕方など、世界の各文学、その他あらゆる分野から一冊ずつ選んで、それを中心にしてクラスを進めて行くシステムで、クラスは20人くらいの少人数に分けられている。200から300ページの本を毎週読んで、それについて、タイプ用紙2枚ぐらいの小論文（「ペーパー」と呼んでいる）を書き、各々5人くらいのグループがペーパーのコピーをもって交換しあい、先生をまじえて批評しあう。先生は一人ひとりのペーパーの文章をなおし、批評し、Ａ・Ｂ・Ｃ・Ｄの評をして返してくれる。学期末には12週間の成績を総計し、期末のテスト、クラスでのディスカッションその他を総合して、最終の結果を出す。

私はこのコースを、ミス・ダンの指導で徹底的にしぼられることになるわけだ。最初は、まるでアメリカの大学は、日本の中学・高校のようなことをしている、と思い憤慨してみたものの、早稲田大学でマスコミの講義を受けて育った私にはなつかしく、このような少人数教育の良さが分かって、得がたい経験と思い出を残してくれたと、いまでは感謝の念でいっぱいだ。

最初のペーパーが真っ赤になって返って来たとき、「子供扱いをするな」と憤慨してみたものの、学生一人ひとりの論文を、よく検討し、訂正してくれるその根気のよさに、まず理屈抜きでカブトをぬぎ、この次からは慎重にしなければと自分に言い聞かせたものだった。４、５回の論文が先生と生徒の間で交わされるころには、いちおう大学生らしい内容のある英語が書けるようになってくるのだから、「苦あれば楽あり」というわけだ。

文学書、芸術書、科学書と、2学期の間になんと24冊、ページ数にして5000。書いた小論文が24本。

クラスにおいては、先生と学生は対等に議論をする。女子学生の方が弁舌、態度とも堂々として、男子学生をキリキリ舞いさせ、ときどき先生がとりなし役。難しい話をする時に、構えがちなわれわれ日本人には、あのように簡単にペラペラ、言葉が出てくるのが理解し難く、結局アメリカという国の自由主義、独立精神が、このような学生たちを育てるのだろう。

私は年齢からくる人生経験の豊富さと日本の紹介をかねて、東洋的なアイデアを提供し、彼らからは西洋的アイデアを吸収することに努め、先生が両者を補う役と結局はなる。東洋と西洋の相互理解に貢献し、非常に有意義であったなどとおだてられて、良い気分になったことも1度や2度ではなかった。

アーラムを去るという時に、先生の蔵書の中から、ミスター・イシカワは政治専攻の学生だからといって、リンカーン伝を2冊、別れの言葉を入れて出発間際に届けてくれたことなど、温かい愛情と人間愛の精神を感じさせ、留学生にとって永久に忘れることができない。このような教育も、人格の形成期には必要であることを痛感。アメリカの教育の理想ということについて、実感として、よく分かるような気がする。

概してアメリカの学生生活は忙しすぎるという一言に尽きるといっても過言ではないだろう。そして、いいかげんなゴマカシは絶対にきかなく厳しい。例えば、期末の論文の提出が、指定の時間に間に合わなければ、絶対に受け付けない。我々の観念からすれば、１時間や2時間など問題にするほどのこともないと思うのだが、徹底している。

分量の多い宿題、期末論文（各コースに20ページぐらいのものを要求される）、テストといった具合に、生活が１週間単位で展開される。もう少し極端ないい方をすれば、１日単位で過ぎて行く。１日怠ければ、２週間くらいその影響が続くのだから、とても追いつけなくなる。

したがって中途半端な気持ちでは、入学するよりも卒業するのが難しい、ということになるわけである。そして、忙しすぎるその上に、両親に負担をかけないようにと、授業料の一部や小遣いなどを、キャンパス内でアルバイトをして補っている学生が、男女ともアーラムでは4分の3はいたと思う。実に楽しみながらやっているようで、悲壮感が見られず、そんなところにもアメリカ人の若さや明るさ、健康的な雰囲気が生まれてくるのだという気がする。いずれにせよ、その底知れぬタフさ、エネルギーは、我々の比ではない。

ありがとう、アーラム大学

最後に私の恩人ともいえる重要な方に面会することができました。アーラム・カレッジの「プレジデント様」です。私のために「保証人」を引き受けて下さいました。お部屋に入ると、ニコニコして握手して下さいました。私はお礼を伝えて、頭を下げました。満足に言葉も出ない、情ないその場面は思い出すたびに後悔しています。名前を忘れてごめんなさい。プレジデント様、ありがとうございました。

アーラム・カレッジには大食堂があり、その時もたくさんの学生さんが、食事をしたり、おしゃべりをしたりして賑やかで、私たちはその中のグループのひとつに紹介していただきました。そこで、学生寮で夫のルームメートだったラリー・ロビンソンさんにお会いしたのです。本当に恥ずかしそうにニコニコして握手してくれました。おとなしい、礼儀正しいアメリカ人青年でした。

ラリー・ロビンソンと夫の間で、どのような話をしたのでしょうか。彼のご厚意で、私たち夫婦はワシントン近郊の彼の実家の部屋を、お借りすることになりました。彼の御家族と一緒に生活するのです。夫はすでにワシントンに行って、ロビンソン家での生活が始まっていました。いまでは「ホームステイ」といわれていますが、60年も前の話です。しかも夫婦でお世話になったのです。

ラリーさんはまだ大学生で、見知らぬ外国人夫婦のために自分の部屋を提供して下さったのです。何の知り合いも、お金もない私たちは、心から感謝しました。彼は私たちのために、立派な部屋を３カ月も提供してくれました。お金も何も求めず、私たちは、その御厚意にどれほど助けていただいたでしょうか。

皆様とお別れしてカレッジの出口にゆくと外は深い雪で真っ白です。どうしようか迷っていた時、誰かが私を抱き上げて雪の中を歩いて、バス停のところで下ろしてくれました。アッという間の出来事で、その後のことはさっぱり思い出せません。さきほどお会いしたグループの方が、見かねて連れて行ってくれたのでしょう。まったく自然な出来事でした。

２度と来られないアーラム・カレッジです。皆様にお会いできて、良い思い出とたくさんの素晴らしい経験をさせていただき、ありがとうございました。手を振って見送って下さったアーラムの皆様、ロイ・シャックマンさん、かわいいメアリー・レスターさん、本当にお世話になりました。

（夫・栄一の手記より）

アーラムの学生生活で、忘れてはならないものに、ドミトリーの生活がある。私にとって、高校、大学と下宿生活は長いが、ドミトリーでの生活体験はなく、たぶん、これが最初で最後であろう。昔から、良い意味でも悪い意味でも、話題と想い出の多い場所となるようだ。その点においては、日本もアメリカもない。

アーラム・カレッジの寮の自室にて

各大学には、その建学の理想と教育方針があって、ドミトリーの生活が自由な雰囲気のところもあるし、厳格なところもある。例えば、近くにあるアンティオーク大学の場合のように、四六時中、寮内における男女の交際を許しているところもある。アーラムはこの点、厳しい学校で、特別の一般公開日（学期に2回位の割合）以外は、１階の受付兼ロビーを除いては、それぞれの禁断の園には一歩たりとも入れない。従って、デートの最終コースはこのロビーで繰りひろげられることになるわけで、各々カップルごとに多種多様だ。慣れるまでは、目のやり場に困ったが、御当人たちにとっては、そんなことは問題ではないらしい。

読書をしている者、打ち合わせをしているもの、しっかりと抱き合っているもの、ふざけているもの等。それぞれ別のことをしていながら、それでいて全体としての調和や雰囲気が少しも損なわれないのは、アメリカという国の社会のまるで縮図のようだ。

一般公開日の前夜は、ふだん静かな部屋も落ち着きがなくなり、ルームの飾りつけなどに一生懸命である。当日は正装をして女子寮に迎えに行く。日中は女子が男子をたずね、夕方から男子が女子寮をという具合になる。時々、男子に図々しいのがいたのか、恋のささやき過ぎか知らないが、指定の時間をオーバーして、あとで、女子学生が忠告を受けた話などがあるとか。しかしながら学生全部がそうであるわけではなく、そこには需要と供給（？）の原則であぶれたのもかなりいて、そんな連中はライブラリーで経済学の本でも読むことに相成るわけである。

男女間の生存競争は、日本の比ではなくはげしい。毎学期パートナーが変わることなど珍しくない。特に女子の場合は、あらゆるチャンスと知恵をしぼって、未来のハズの選択に余念がない。日本から来た女子学生の一人が「自尊心の強い私たちには、とてもあんなことはできない」と言っていた。あんなこととは何を意味するか、男性の私には分からないが、大変なものであるらしい。

キャンパス内のクラスでは、学生は実に質素な格好で、日本の方がはるかに服装、化粧など入念のように見える。都会にある学校とは違って、親切で素朴、底抜けに人の良いのがたくさんいる。キャンパスの中では見ず知らずの人でも、「ハーイ」という挨拶を交わす習慣になっている。特に女子学生は外国からの留学生に対してはフランクで、いろいろたずねてくる。

女子には10人単位で共同生活ができる何々ハウスが、キャンパスのまわりに4、5軒ある。当番制で家事一切を切り盛りする。友人のガールフレンドにジョン・ダギーというのがいて、時々、引っぱり出されては、近くのマーケットに食料の買い出しを手伝わされて、雑談をしながら買い物用の手押し車を押して行く図など、知らない人が見たらインターナショナル・ラブで、アメリカ娘に飼育されている日本人の旦那さんと見えたかも知れないが、アーラムにおける私の珍風景の一コマ。もちろん、帰りには、彼女のクックで御馳走になってくるのは忘れない。

女子の何々ハウスに相当するものに、男子のキャンパス村と呼ばれる一角がある。4、5人、気のあった上級生が一緒に住んでいる。親友デル君（本当の名前はダルマで、日本人にはこの発音は例のダルマを思い出させる）がこのキャンパス村に住んでいて、宿題に疲れた時はよく出かけたものだった。コカコーラやコーヒーを飲みながら、ポピュラーソングに親しんだり、ツイストの猛練習に励んだり、共通の悩みを話しあったりし、楽しい時をもった。

話を私の住んでいたバンデー・ホールに戻すと、ルームは1人、2人、3人ずつのものがあって、フレッシュマンは3人の共同生活が多く、上級生は、たいてい1人か2人ずつで生活している。人数が多いので、生活はフロア単位で行われる。例えば、運動会とか寮の新入生歓迎会、または郊外に出かけるオール・アウト・キャンプ等。このキャンプは、ミッドブレーク（1学期の中頃に2日位の休みがある）を利用してストレスの解消もかね、全員スリーピングバッグを持って近くの州立公園や湖などに1泊2日の日程で、食料を持参して出かける。思いっきり遊んで余分なエネルギーを発散させ、後半の追い込みに入るわけだ。それでも足りないのか、10時過ぎごろになると、ルーム内や廊下でレスリングなどをしている連中がいる。コンクリートの建物とはいえ、ドシンドシンと音がし、階下から苦情が来ることもしばしば。なかには逃げ足の速いのがいて、知らんぷりして勉強の姿勢でいるのもいる。

アメリカに来る前に聞いていた通り、茶目気のある悪ふざけなどもよくある。例えば、深夜に破裂玉を投げたり、廊下一面にソウダスト（のこくず）を散らしておいたり、シェービング・ソープでドア全部に落書きがしてあったり、という具合だ。もちろん、悪ふざけの犯人は分からずじまい。

しかし、学園生活全体を通じて、上級生と下級生の間に、何ら緊張感とか恐怖感が見られなく、対等になごやかな雰囲気が保たれているのは見ていても感じが良い。したがって、新学期早々は新入生同士が判別しにくいので、1カ月間だけ、「E」のイニシャルの入った、野球帽を半分位にした小さなのをチョコンと頭につけることになっている。それが唯一の目印。クラスでも食堂でも、この期間だけは、帽子を頭から離してはいけない。男女ともに上級生は、この期間だけ特に親切な指導を新入生に対してすることになっている。

ある日曜の朝、一般公開日以外は禁断であるはずの男子寮に、たくさん女性のざわめきが聞こえる。朝の礼拝に行く人以外、日曜日は朝寝を楽しむことになっているのだが、その朝はいつもと様子がちがう。とにかくドミトリー生活を始めてこのかた驚かされつづけなので、何かあるとは思ったが、ドアがノックされて顔見知りの女子学生が2、3人、エプロン姿で独身男性の園に入って来たのでビックリ。ルームメートのラリー君は事情が分かったらしく、2段ベッドの下段にいる（ベッドから転げ落ちても被害が少ない様にという配慮）私に「イシカワサン、これはアーラムの伝統的行事で、1年に1度だけ女子学生の朝食サービスの日だ」と教えてくれた。かくて病人や赤ん坊のようなかっこうで、ベッドに横になりながら彼女たちの完全サービスで朝食を終了。男子のサービスデーもあるようだが、その前にアーラムを去ったので、ついに女子寮への早朝探訪のチャンスを失くしてしまった。

日本に六大学や早慶戦の野球があるように、アメリカの学生生活をより多彩にし、楽しいものにしてくれるものにフットボールがある。なんといってもフットボール・プレイヤーは大学における一種の花形的存在だ。アーラムは過去29回連続優勝とかで破竹の勢い。新学期が始まって間もなくすると、毎土曜の午後はそのゲームを観戦するのが1週間のスケジュールに入っていて、その日が待ち遠しかった。

日本では特殊なケースを除いては、応援団は男子の専売特許みたいになっているが、アメリカは反対。そろいのユニホームとスタイルで黄色い声を張り上げられては、そうでなくても女性天国のお国柄だから、男子はいやがおうでも頑張らざるをえないわけである。

シーズン最後の試合ともなると、大仕掛けの鼓笛隊の大パレードが雰囲気をもり上げてくれる。だいたいアメリカ人はこれが好きなようで、大統領の就任式、パサデナ（カリフォルニア州）のローズ祭り、ニューヨークのアイリッシュ・デーなど、数えあげればキリがない。人口4、5万の町には中高生を中心にして組織された団体があって、催し物がある場合は、要請によってバスを連ねて出かけるということになる。

このパレードの際の集団行動、団体美は、見た人でなければわからない。

キャンパスでの学生たちの1週間の行動は、次のようになっている。クラスが月曜日から金曜日の午前中まで。金曜の午後から土曜いっぱい各自の自由に使う。校内のたくさんの催し物はだいたいこのときにある。2週間に1度の割合で催される校内映画、それにフットボール、演劇といったぐあいだ。

日曜は朝寝を楽しむもの、礼拝に行くものなどがあり、朝食兼昼食のビッグ・ランチを、正装して全員が一堂に会して食べる。そして午後からは、月曜のための準備で図書館が忙しくなる。いっせいに勉強を開始するわけだ。その他、コンボケーション・プログラムというのが火・木の2回、10時からあり、全員が参加しその日のスピーカーによる講演がある。これは一種の課外講演のようなものと考えたらよいだろう。特に外界から隔離されがちな田舎の小さな大学の必然的な欠点を補う意味で有意義であった。

留学費用は現地調達

（夫・栄一の手記より）

アメリカでは、アルバイトをしない学生の方が珍しいくらいだ。学生のアルバイトなしに、学園生活をスムーズに運営することができないといっても過言ではない。いろいろな分野にわたって活躍し、学校自体もそれを必要とし奨励している。両者はまるで車の両輪のごとき関係にある。例えば、1回に1000人以上の学生をさばく食堂など、専門の栄養士の女性たちを除いては、1日3回の準備から給仕、後片づけまで、すべて学生のパート・タイムのアルバイトで補われている。従って、昨日、エプロン姿の友人からサーブしてもらった学生が、今日は逆に自分がエプロン姿で一生懸命サーブしていることなどあたりまえだ。

私も、外国人としては特別の計らいで、2学期のとき毎日2時間ずつ、スカイラインという大仕掛けの皿洗い器に皿を入れる仕事で6100ドルちょっと稼いだ。たしか、留学生のキャンパス・アルバイトのケースは私が最初だとか。おかげで孤独感や不眠、神経衰弱のような留学生病には、一度も見舞われなかったし、2時間の軽肉体労働は、心身ともにかえって壮快にしてくれた。

私の留学費用は全部現地調達だった。もちろん、奨学金だけではとても無理。1963年の夏休みには、アルバイトに励むべくシカゴに向かった。考えよう、やりようによっては1日2つの職場でがめつく働くこともできる。遠慮は禁物。チャンスは無限にある。アメリカでの生活を有効に活用するつもりなら、どんな小さな可能性のあるドアでもノックすることを怠ってはいけない。

夏休みは移民局公認の稼ぎ時で、このチャンスを逃す留学生は少ない。日本からの留学生は「なぜアルバイトをしなければいけないか、また不足分の金額の明示」を書いて学校に提出すると許可証をくれる。これがないと、あとでイミグレーションとの問題が起きたときに大変なことになる。

シカゴでの生活資金として友人から50ドル前借りすることからノック・オン・ドア式の生活が始まった。交通費も含めて最低10日間はこの50ドルですべてをまかなわなければならないのだから、心細さを通り越して無鉄砲といわれても仕方がないのだ。

しかし、私には大丈夫、やれるという自信はあった。シカゴから車で30分の距離のところに製鉄所で有名なゲーリーがあり、この市と隣接してハモンドというところにルームメートが住んでいた。期末試験が終わった時、家族が自動車で迎えに来てくれることを知ったので、これに便乗させてもらうことにした。しかも落ち着くまでゆっ

6　当時のドル円レートは固定相場制で、1ドル＝360円。日本のサラリーマンの平均月収が2万5千円ほどだった。

くりしていなさいとの申し出があり、そこは3代もアーラム大学で学んでいる家族のことだ。話は簡単。これで交通費20ドルが完全に浮く上に、4、5日間はすべて友人の家族持ちのお客様になるわけだ。

到着すると、翌日にさっそく就職部長から先輩あての紹介状を持って出かけた。幸運にもその日のうちに日系人の経営する大きな製本屋に電話をしてくれた。前から連絡がしてあったらしく、すぐOKとのことだ。私は大学出なので、1時間1ドル45セントをくれて良い待遇をしてくれた。黒人やスパニッシュは最低賃金ギリギリの1ドル25セントらしい。

仕事が決まれば、あとは住むところだけ。電話帳をめくって、日系人を世話する協会を見つけたので、帰りに立ち寄ってみる。そこで2、3軒、日系人の経営しているアパートを紹介してくれた。この期間中、千ドルの貯金が目標である私は3軒目に週7・5ドルの部屋を北クラーク通りの日本人街に見つけた。もちろん、日中はフルに働くつもりなので、日当たりなどは問題ではない。眠るところがあればよいのだ。

食費が1日3ドル程度は必要なことも分かった。1週間分の部屋代を前払いしても私の手元には40ドルがそっくり残るのだ。だいたいアメリカは週給が多いので、1週間分の食費と交通費を含めて25ドルもあれば、あとは十分にやっていけるし、蓄えのない貧乏人にはやりやすい。私の手元にはそれでも15ドルは残る勘定だ。たった１日でこれだけのことをしてきた私を見て、友人の家族の人たちは驚いたり褒めたりしてくれた。

１週間も仕事をするとそのペースが分かったので、夕方から夜10時までのバイトを探していた。すると、アパートの管理人の教会の友人がしている仕事で、芸術家の卵である女子学生の寄宿舎のドア・マン（玄関の見張り）があった。休暇を取ってカリフォルニアに行ってくるので、その間やってくれないかとのこと。私のアパートから2、３分のところだ。そのうえ夜食がつく。

目標の千ドルをため、シカゴを楽しみ、何人かの親しい人たちもできた。私が夏休みを一石三鳥にも四鳥にも活用した時の記録である。

第2章　ワシントンで貧乏暮らし

～古き良きアメリカへの憧れ～

夫と再会、ホームステイ生活

ここから、私のひとり旅の始まりです。アメリカ国内を走っているグレイハウンドという長距離バスに乗り、首都のワシントンに向かうのです。

グレイハウンドバスは大きくて速くて、翌日の昼ごろには無事にワシントンに着いたようです。交通費は、どのくらいかかったのでしょうか、私はバス代のことを知らないのです。誰か払ってくれたのでしょうか？　いまでも不思議です。私はいつもボーッとしていて、責任感がありません。

ワシントンでは、ラリー・ロビンソンのお母さんで、夫とともにこれからお世話になるミセス・ロビンソンが迎えてくれました。バスの到着時間を知らせてくれたのは誰だったのか？　当然のように思っていましたが、スマホなんてない時代のことです。でも、彼女は私のバスの到着時間を知っていて、めでたく夫に会うことができました。

一年ぶりの再会ですが、2人ともたんたんとして、いつものようでした。後になってミセス・ロビンソンが「ハグ（抱擁）」すらしなかったと言っていたそうです。少々ぎこちない対面だったのでしょう。荷物を運んでもらい、ミセスの車に乗せていただいた時は、さすがに緊張がとけたようで、ホッとしました。

ロビンソン家はワシントンのとなりにあるメリーランド州の高級住宅地チェビーチェースにあります。ワシントンの美しい街並みをすぎて郊外に出ると、家々の庭にクリスマスの飾りがキラキラと輝いていました。初めて見る光景でした。

私たちは３カ月間もロビンソン家で暮らしました。お世話になったのは寒いころで、私が路線バスに乗るためにバス停まで歩いていっても、めったに人に会うことはありません。ひとりで歩いていると、完全に別世界で、ロビンソン家の中に入ると、やっと現実に戻る感覚でした。

ロビンソン家は平屋でしたが、広いリビングルームがあり、ふかふかのじゅうたんが敷いてありました。高級な家具が並ぶほかは、余計なものは置いていませんでした。

私たちが使わせていただいた部屋も広くて、２人でいても十分な生活空間でした。キッチンがピカピカで、調理器具もきれいに整理されていました。お湯を沸かそうとケトルに手を伸ばすと、私自身の姿が映るようでした。使ったあとは、きれいにふいておきました。

60年も前のことなのに、すべてが電化製品で、なかでも「ディッシュ・ウォッシャー」と呼ぶ皿洗い機は初めて目にするものでした。私が使うことはありませんでしたが。

アメリカの家は地下室が広く、暖房設備からランドリールーム、大きな冷凍庫がありました。家中が整理整頓され、現在のような環境問題やゴミ問題もない時代でした。ミセス・ロビンソンはフルタイムで仕事をしていて、土曜日は必ず美容院に行きます。いつも身ぎれいにしていました。50代だったと思いますが、スタイルも良く、ハリウッド映画で見るようなすてきな家族でした。ミスターも物静かでスマートだったのが思い出されます。ラリーの妹、マーロウは10代のかわいい女の子でした。そんな御家族の中に、私たちを受け入れて下さったのです。私も少しずつロビンソン家での生活に慣れていきました。

夕食の時は皆でテーブルを囲んで話をしていました。話題はいろいろで、夫は皆さんとよく会話をしていました。そのうち私も、英語の会話が少しずつ分かるようになりました。ただ、夫の英語は東北訛りで、アーラム・カレッジでの学業を終えた後、ワシントンで通っていた大学院の先生からは「お前の英語はさっぱり分からん」と言われたそうです。夫の方もそのドイツ人の先生に「ドイツ訛りでわからない」と言い返したそうです。

ロビンソン家には週2回、通いのお手伝いさんが来ていました。黒人の女性で、午前も午後も家中の掃除や洗濯、アイロン掛けと本当に黙々とよく働いていました。朝やって来ると、私に「ハーイ」とあいさつしてくれます。

まず洗濯物を次々と地下室に運び、部屋を片付けてから、台所を磨くようにきれいにします。午後はたいてい地下室でアイロンをかけていました。当時はシーツ類もしっかりアイロンをかけていたので、時間がかかります。きれいにたたんでから棚に入れるのですが、その手際がいいこと。私は見とれていました。

彼女の日当は、ミセスが夕方、テーブルの上に置きます。お札から小銭まできれいに並べてゆくのです。現金払いでした。それを持って、彼女はバスで帰りました。

私はあまりにも違う環境の中で、のみ込みが悪く、頭がついてゆくのに時間がかかり、ボーッとしていました。積極的ではなく、まわりに流される日常だったように思います。

一方、夫は変わらず忙しく、朝早く出かけて夕方に帰ってきます。その間、私は部屋の掃除や洗濯、アイロン掛けをしました。残りの時間は本を読んだり、朝食やお昼にパンケーキを焼いたりしていました。よくサンドイッチを作って、夫に持たせていました。

ロビンソン家の夕食は、いつも全員揃っていました。ミスターが仕事で欠けることはありませんし、10代のマーロウもいつも一緒で、私たち夫婦も含めて5人がそろうのがあたりまえの夕食の風景でした。ミセスが帰ってすぐ食事の準備が整いました。

私たちは3カ月も居候をさせていただいたのですが、居心地が悪いことなどなく、自然に過ごさせていただいたのが不思議です。何のこだわりもなく3カ月も。ロビンソン家の人たちはどう感じていたのでしょうか。

ロビンソン家とのお別れ

私は夜に英語教室に通っていましたが、半分遊びのようなものでした。先生ものんびりしていて、時間がくると「本日は終了」となりました。授業は無料で、北欧からの移民の人たちが多く出席していたようです。私ものん気で気負いもなく、もっと真剣に勉強しておけばよかったと思います。

英語教室にはバスで通っていたので、自分の乗るバスを探したり、降りるバス停を間違えないように目をこらしたりしていました。降車ボタンのようなものはまだありませんから、バスの中に張ってある綱を引いて「降車」の合図を出します。

3カ月もお世話になったロビンソン家とも、いよいよお別れです。私はお礼に何か日本食をつくることにしたのですが、お刺身も天プラもできそうもありません。「チラシ寿司なら私でもつくれそうだな」と思いました。手近にある材料でなんとかなりそうでした。

油揚げは手に入りませんでしたが、かんぴょうやシイタケは干物なので、日本食品の店に置いてあったのです。

お米を研いでいると、ミセスは不思議そうに見て、棚から箱に入ったサラサラのお米を見せてくれました。アメリカでは、お米をそのままスープや野菜のように使います。

私のチラシ寿司は、甘からい米酢がないので御飯の味もはっきりせず、ロビンソン家の人たちの口に合わなかったようです。野菜を切る包丁の手つきも、不思議そうに見ていました。いまなら、スープを工夫してつくるなど、もっと気のきいた料理ができたのに。そのころは気おくれしていたのです。

国立動物園前に引っ越し

私たち夫婦はチェビーチェースのロビンソン家から、ワシントンの中心部にあるアパートに引っ越すことになりました。

私たちに部屋を貸して下さったのは、御主人を亡くされて、ひとり暮らしをしていた日系人女性のベーカーさんです。ベーカーさんは横浜育ちの方で、「部屋があいているからどうぞ」と、こんな感じで契約を交わすこともなく私たちは日本に帰るまでお世話になりました。今となっては部屋代がいくらだったのか、お支払いしていたのでしょうか、それさえも分かりません。

アパートは交通の便もよく、静かでとてもよい場所にありました。向かい側が森に囲まれた「ナショナルズー」(国立動物園)です。大きな看板があり、入り口の大きな重い扉は、いつも開いていて無料なのです。

なんだか楽しそう!

夫はよく椅子を持ってゆき、涼しい木陰で本を読んでいました。広い森があり、物音は何も聞こえません。私は森の中を歩き回り、動物たちがいるのではないかと探しまわりました。小川があったり、時にはかわいい幼稚園児たちのグループに会ったりしました。見渡すかぎりの緑は、ワシントンの街の中で素晴らしいオアシスでした。

(夫・栄一の手記より)

街の中心といってもよいところに動物園がある。日本では考えられないことだ。私たちは幸運にも横浜出身のベーカーさんという日系の米市民である未亡人——若くてきれいな人なのだが——の厚意で、大きな5階建てのアパートに一緒に住むことになった。その建物のすぐ前にスミソニアン協会が運営している自然の地形を利用してできた大きなズーがあった。動物好きの妻は大喜び。おまけに無料とあっては貧乏学生のわれわれカップルにとってはまさに絶好の気晴らしの場所となり、散策の場所となった。特に土曜、日曜は黒人の家族連れでにぎわう。日本では動物園といえば、あの独特の臭気を連想するが、敷地が広いせいか、管理がゆきとどいているのか、そんな感じはない。まるで大邸宅の庭を散歩している感じであった。

そんな便利な場所にあるわが家なので、お友達がよく訪ねてきます。夫のアーラムの友人がやってきました。日本の大学の同級生が泊まっていったこともありました。

わが家にいらした友人で、いちばん多かったのは沖縄からの留学生です。まだ米国の統治から日本に復帰する前なので「[7]琉球」といっていました。「琉球から来た」と聞いた時に驚きましたが、そのころは日本の本土よりも優遇されて留学できていたのです。皆さ

[7] 第2次世界大戦後、27年間に及んだアメリカ統治が終わり、「琉球」と呼ばれた沖縄が日本に復帰したのは1972年。首都ワシントンで暮らしていた当時、栄一の沖縄出身の友人の1人に平田さんという男性がいた。

んリラックスして楽しそう。いま思うと全員男性でした。女性の留学生は少なかったのでしょうか。

（夫・栄一の手記より）

ワシントン市とその周辺に住む日系人は合わせて2000人ぐらいいるらしい。したがって、それほど生活の不便は感じない。ここは商業都市ではないので、大使館、各新聞社の特派員とその家族、学生、国際通貨基金（IMF）、日本航空などが主で、あとは戦争花嫁も合わせて日系市民が大部分である。2年近くも住むと、いろいろな人たちとお付き合いする機会がある。

しかし、日本流の対人関係はここまで持ちこまれて来ているようだ。例えば奥さん同士のイガミアイとか他人のウワサが大好きで、ワシントンの日本村も決してその意味で特別地帯ではなかった。私の場合は妻が一緒だったので、学生生活とは別に、家族ぐるみの交際を通して日米両国の家庭生活にふれる機会があったことは、大変幸せであったと考えている。

話題は変わるが、これら2000人の日系人と親日アメリカ人のために、日本食品店やレストランもあり、けっこう商売している。レストランでは黒人の作ったミソ汁を飲まされるので味の方は保証の限りではない。特に去年、新しくできた日本食料品店「ミカド」の主人の岩井さんは元大使館のコックさんで、頼めばたいていの料理はつくってくれる。非常に世話好きな人で、私たちは大変親切にされたし、またおいしい料理もご馳走になった。食べ物ばかりでなく、日米協会主催の日本映画会も月1度の割合であるし、宗教団体主催の盆踊りもある。

留学生の妻の会

私にも楽しい「留学生の妻の会」がありました。英語で「フォーリン・スチューデント・ワイヴズ・クラブ」です。月に2度ぐらい開かれ、お茶会だったり、博物館やピクニックに出かけたりしました。ホワイトハウスの見学や料理教室の時間もありました。クッキングではオーブン料理など、みなでガヤガヤと楽しい時間でした。私はよくインドからきた方と一緒になり、話をしていましたが、おとなしくて静かな人でした。

妻の会はインターナショナル・スチューデント・ハウスに事務所があり、ワシントンの

ニューヨークへの小旅行

婦人クラブの人たちが、全面的にお世話をして下さいました。プログラムの内容は英会話、アメリカのクッキング（料理）、映画（アメリカ生活の紹介）、見学の小旅行などです。私は主人の勧めもあって、比較的真面目に参加しましたので、とてもよい勉強になりました。

週1回のクッキング・クラスは、パイの作り方から、ちょっとしたディナー用の料理まで習います。日本料理に比べると、ずっとつくるのがやさしいので、いちどに4種類ぐらいは習いました。

さて、このクラスに参加する人たちは、ワシントン市内の各大学で勉強しているさまざまな国からの留学生の妻ばかりですから、おして知るべし。まるで犬や猫、サルたちが一緒になってお料理をしているようでした。先生の英語での説明が終わると、妻たちはそれぞれ自分の国の言葉で、勝手なことを言っています。チンプンカンプンです。

クラスは7、8人ほどで1組だけですが、全員違う国から来た人ばかり。ドイツやトルコ、フランス、イタリア、インド、アフリカなどからで、面白いやら、楽しいやら、ワイワイしているうちに、そこは奥様族ですからどうやらお料理はできておりました。それを人数で均等に分け、ありがたく頂戴して帰ってきます。

英語を話せば通じるだろう、と思われるかもしれませんが、スペイン人の英語はどうもスペイン語に聞こえ、インド人の英語は速くて、さっぱり分かりません。私の英語もさぞ日本語に聞こえたことでしょう。

こうして「留学生の妻の会」は、ワシントンにある多くの歴史的建物や名所を見学させていただいたり、ごちそうになったりして愉快な集まりでした。私も熱心に参加しましたが、これらの費用はすべて無料です。がめつく吸収し、有意義でした。

婦人クラブの奥様方たちは奉仕なのですから、本当にアメリカ人の世話好きに感謝しています。皆さんきちんとした服装で、キビキビしていました。ボランティアの方々が素敵に見えました。

思い出の夫婦写真

夫はワシントンのジョージタウン大学（Georgetown University）の大学院で「国際関

係論」とやらを勉強していました。夜遅くまで本を読み、レポート提出に追われてタイプライターを叩く毎日です。夫はとても上手に速く打てるようになり、私にも、タイプの練習をするようにと言っていたものですが、英語はスペルが難しくて思うようには進みませんでした。

（夫・栄一の手記より）

米国の首都といえばたいていの日本人は知っているが、ジョージタウンを知る人は少ない。しかし、その歴史は古く、１６０７年に最初の植民者たちがキャプテン・スミスに率いられてバージニアを開拓したとき、ジェームズタウン（Jamestown）が中心であったが、その後このジョージタウンも小さな町ながら、ポトマック川のほとりに開かれたのである。町名の由来は英国のキング・ジョージ（King George）一世の名であり、ワシントンの西北部にその一角を占めている。

初期の開拓者たちがまず教会を建て、それを中心にして丸太小屋を作り、そして学校を建てたという話を地でいったのがこの大学である。創立は１７８９年であるからフランス革命の勃発と時を同じくしている。この一画を市民はジョージタウン・セクションと呼び、今でもそのコロニアルスタイルの建築物は名所の一つで、特別保存地域になっている。ポトマック川ひとつ隔てたバージニア州側からの眺めは、広い川の流れと深い森にかこまれて実に雄大で、私は大変好きである。

１９６４年の３月から帰国直前までここの大学院で国際関係——政治学の比較的新しい分野——を研究し、その実情にふれる機会に恵まれたので、その時の模様にふれてみたい。

長い留学生活の経験を持つ友人がしみじみと私に「学生生活の一番いやな時は、期末テストが終わってゴーホームする瞬間だ」といったのは簡にして要を得ている。テストからくる圧迫感から解放されて、一刻一秒を争って家路につこうとするその時の光景は全くすさまじい。まさに、われはわれ、ひとはひとなりの観があり、やり切れない。

この雰囲気がジョージタウンの講義を初めて聴いた時の私のいつわらざる印象であった。日本では特にそうだが、大学がマンモス化すればするほど私がアーラムで味わったようなカレッジ・ライフを味わうことは難しくなる。アメリカとてその例外ではない。

特に、大学における一般教養化の傾向が著しく、専門は大学院でというのが今日のアメリカでは一般化しつつある。ただ、ジョージタウンの場合は多少事情が異なっている。すなわちアメリカ連邦政府の所在地で、政治的見地から見れば、世界でもっとも重要な都市である。国内外から政治に関係のあるあらゆる階層の人たちが集まって来る。

ここでは、ごく少数の学生を除いては日中、国務省その他の諸官庁に勤務している人たちが多い。働きながら学び、マスターやドクターの資格を取ろうとしている人たちなので、時間的余裕のある人は少ない。学生相互の交流は、もっぱらクラスにおいての議論の中で展開される。

言葉からくる発表能力の貧弱な留学生は、いきおい聴く方の側にまわるので、議論を楽しむようになるまでにはかなりの時間がかかるわけだ。大学院の方も心得たもので、ガバメント（政府機関）に勤務している人たちの便宜のために、夕方の退庁時から講義を開始する。一般の学生は日中フルに図書館——ワシントンには米国一の蔵書数を誇る国会図書館がある——を活用し、夕方学校にまわって講義に出て、帰路につく場合が多い。米国における大都市の大学院でこのシステムを採用しているところは意外に多いようだ。

時間的には非常に限られているが、クラスでの議論は内容が豊富で有益である。学生の半分以上は国務省や国会などで政治や、あらゆる問題を実際に取り扱っている経験をもとにしての応答になるので、相当の準備と具体的な納得のゆく分析と説明を要求される。クラスでは結論を出すことよりもむしろ、各自の見解の発表が多くなり、その中から学生自身が結論を導き出すようになる場合が多い。

アメリカが政治的にも経済的にも世界の指導国であることは自他ともに認めている。かつてはヨーロッパがそうであったが、現在ではアメリカに外国から学生が集まる。アメリカ国際教育研究所の[8]２年前の統計によると、日本からの留学生が、数の上では、カナダ、インドに次いで３番目、３２２０人となっている。そのうちアメリカ政府か大学の奨学金によるもの２９７人、一部奨学金７２６人、ほかの約２０００人は、親がかりか会社からのいわば私費留学生である。

８　栄一の手記のジョージタウン大学大学院の部分は１９６５年秋に書かれたので、「２年前」とは１９６３年頃を指すと見られる。

ジョージタウン大学の言語学部はかなり有名で、日本から毎年何人かの学生が来ている。当時、私と同じように、アーラムで過ごしたのち、ジョージタウンにこられたNさんがいる。東京出身で、国際基督教大学を卒業された優秀な女性で修士課程におられた。また青山学院大卒のH御夫妻は、夫君がドクター・コースにおられ、奥さんは日本語のインストラクターとして教えておられた。Hさん御夫妻とは年代が同じな上に、両方とも家族持ち、しかも決して豊かだったとはいえない生活の体験者であるという共通点があり、いろいろ御指導をいただいたり、交際をしていただいたりした。現在はハワイ大学で日本語の講座を受け持っておられる。そんな苦闘時代が想い出されてなつかしい。

ガバメント専攻は私も含めて3人。東京と沖縄から。こちらの学生生活を多少でも経験しているのは私だけで、たいしてまごつくこともなくその雰囲気に入っていけたが、初めての2人には大変だったようだ。試験1週間前に準備を始めれば卒業できる成績をもらえる日本のシステムで育ったわれわれには、1日1日が勝負の米国スタイルに慣れるのは容易なことではない。

日本以外の学生で比較的親しくしていた人たちをちょっと列記しただけでも、米英はもとより台湾、フィリピン、ベトナム、アフリカ、トリニダード・トバゴあり、といったぐあいで多種多様である。クラス以外は時々カフェテリアというセルフサービスの学校食堂で雑談する程度で、あまり深い付き合いの機会はない。

大学院において講義が占める割合は少なく、ほとんどはリーデング・アサイメントと図書館通いになる。しかも1コースにつき週1回で90分の講座だから、時間割りを上手にアレンジすれば、週2回行くだけで、あとはほとんど自学になるので、よほど強い意志を持たないといろいろな留学生病になる可能性がある、すなわち孤独感や疎外感などが重なるとノイローゼになったりするわけである。そうでなくても、見知らぬ国にひとりでいるということはさまざまな心理的アンバランスを生ずるものだからである。

ワシントンに来ると、夫が突然、「写真を撮ろう」と言い出したことがありました。カメラを持っていなかったので、近くの写真館に出かけたのです。アメリカの家庭にはポートレートが飾ってあるのを、よく見かけていました。私たち夫婦にはまだ、写真が一枚もなかったのです。

留学の記念に正装で

2人並んで撮った写真は、今となっては貴重な一枚となりました。昔のヘアスタイルにピンク色のお洋服の私、夫のかしこまった顔、背景は空色です。

写真は白黒で、あとから色をつけます。「目の色はどうしますか?」「髪の色は?」と聞かれました。できあがりはとても自然で、昔のアメリカ風でしょうか。写真の裏には写真館の名前、そして着色をした人の名前もありました。

こうしてカメラマンの名前を入れることがふつうだったのでしょう。いかにも古い写真のスタイルで、私たちの良い記念になりました。

私には、そうした心地良い生活のリズムができていたのです。2人とも、25~28歳のころです。何も怖くない若い時代のお話です。

第3章　夫婦でアルバイト　～生活費と授業料に奮闘～

夫が米国で建設業に

夫はそのころ、大学院での学業のほかに、仕事を見つけて働いていたので、私と違って忙しい毎日でした。「大学院の授業料はどうやって稼いでいるの？」などと聞いたことがありません。夫からも授業料の話は何もなく、心配したことはありませんでした。

夫がアルバイト先を見つけたのは地元の小さな建築会社です、彼は岩手県立の工業高校（盛岡工業高校）の建築科を卒業しています。ボスからすっかり信用されて、賃金も少しずつ上がっていったのです。仕事は順調で、安定して働けるようになりました。

（夫・栄一の手記より）

私は自分が典型的な岩手県人だと思っているくらいだから、決して社交上手のタイプではない。しかし、どこに行っても幾人かのすばらしい人たちにめぐり逢う。私はこれを無形の財産だと思っているが、大変ありがたいことだ。そんな私だから、ノーマルな対人関係も大切だが、偶然のチャンスも、また大切にしようと心掛けている。

見ず知らずの土地、ワシントンで偶然に知り合い、親しくなった人たちはたくさんいる。夕方、ウイスキー瓶をポケットに無造作に入れ、雑談をしにたずねてくれる報道関係の仕事にたずさわっているジョージ、私の英文をチェックしながらよくビールを一緒に飲んだO氏……。その中で、兄弟の様な間柄になり、お互いに助けあった人にダンハム御夫妻がいる。

ＮＩＨ（National Institute of Health全国保健機構）に勤務している奥さん（アメリカでは子供たちに手がかからなくなると、奥さんたちは勤めに出る場合が多い）が、勤務先のドクターが家を新築中で、手伝ってくれる人を探していることを知らせてくれた。

ただし、建築についての知識があり、多少機械を操作できる人ということであった。私は自分の過去の履歴を話して採用してもらった。はじめてなのに１時間１ドル45セントくれるらしい。

ダンハム氏の奥さんは、専攻が心臓病理学でドクターを持っているし、旦那さんは航空機の設計が専門でマスター（修士号）を持ち、２人とも大変なインテリであり、子供はいない。年齢は35歳前。この奇妙な組み合わせの２人が郊外のポトマック村に大きな森を買い、２人だけのために、お城のような大きい家を建てようというのだから面白い。しかもたった2人だけで。

　このダンハム氏、学生時代にバイトをしていたとかで、レンガ積みの特技があり、上手なものだ。アメリカには、丸太小屋以来の伝統的な開拓者精神がまだ残っているらしく、家族だけで自分の家を造る場合がかなりある。もちろん、これは職人の手間賃が非常に高いので、お金の節約も含めて、趣味と実益をかねているのだけれども……。私だってアメリカ・スタイルの家は初めてだから分からない。しかし、そこはそれ、「なせばなる、なさねばならぬ何事も」の精神の持ち主のことだ。仕事はしているうちに学ぶものだ。

　私も材料の運搬から大工、ペンキ塗り、煉瓦の表面をキレイ（稀硫酸を使う）にする仕事など、やれるものは何でもやった。素人では、どうしてもできないものだけを専門家に依頼するのである。たしか、大工は時給3ドル50セントぐらいだったと思う。なにしろ気の長い話で、仕上がるまでに2年も3年もかかっている人さえあるくらいだ。「ダンハム城」は、私が参加した時には外部がほとんどでき上がり、内部を残すだけだった。縁もゆかりもない外国人の私を信頼して、責任のある仕事を、ドンドンやらせてくれた。

クリスマス期間中、こんな生活を一緒にしていると、もう家族の一員みたいなものだ。学校が始まっても、土日や祭日には自動車で迎えに来てくれる。妻が来てからは2人で参加するようになった。共通の話題があり、ジョークが通じた上に、多少もの珍しさも手伝っていたのだろうが、よくウマが合った。

このご夫妻、自分の家をつくっている間に、建築に大変興味をもってしまったらしい。建設会社を設立するから、引き続き協力してくれないかと言う。私自身、他日、機会を見て建設会社を再興したいと考えていたので（[9]父が事業半ばで病に倒れたため中断し、私はアメリカに出かけた）、願ってもない機会だ。こんなわけで、素人がはじめた建設会社の設立から、私は関係することになった。最初は、リモデリングという増・改築や内部改装をやり、のちに建売住宅を専門にするようになった。学校の合間ではあるが、1年もすると、設計監督をする立場になっていた。自分のアパートに製図用具一式を持ちこみ、学校のスケジュールに合わせて、余暇を見つけてやるわ

[9]栄一の父・栄之丞は岩手県胆沢町（現・奥州市）で大工の棟梁をしていた。栄一が米国に渡航する4カ月前、結婚式前月の1962年7月に他界した。

けだ。

　ワシントンに移ってからは妻と一緒なので、台所は火のくるま。ワシントン付近の建売住宅の建築熱は、一種のブームであることに目を付けた。建設会社で私は設計、その他何でもやった。大変優遇してくれ、私自身貴重な体験を得るとともに、生活費から帰りの旅費まで心配してくれた。

初めての車ラングラー

夫の生活は、変わらず忙しい毎日が続いていましたが、働かせていただいた建築会社の人たちと仲良くなり、その社長さんはとうとう私たちのために車を見つけてくれました。思ってもみなかったことなので、自家用車を持つことに驚いたり、喜んだり。でも、簡単に運転できるのでしょうか。

　車は「ラングラー」のステーションワゴンです。ラングラーなんて車名は聞いたこともありません。私たちのもとに、グリーンのラングラーが届きました。初めての自家用車です。

　でも、ここから少々大変な日が続きました。車を運転するには、まず免許証を取らなければならなかったのです。

米国には教習場はなかったので、路上で運転の練習をすることになります。教習は免許を持っている人にお願いするか、専門の指導員に来てもらうのです。夫は仕事を休んでの教習です。貴重な時間ですから、頑張ってもらわないと困ります。ここで分かったのは、夫はあまり運動神経が良くないということでした。

運転免許の実技試験では、最後に車庫入れがあります。ポールとポールの間に駐車するのが難しく、夫は何度も失敗です。試験は１日１回ですから、落ちると毎回がっかりしていました。合格したのはやっと４回目です。夫はニコニコして帰ってきたので、すぐに分かりました。

次は私が挑戦する番です。筆記試験に合格しないと実技試験には進めません。問題を丸暗記です。問題集にはいろんな例題があり、×か◯かを憶えました。一発で合格でき、ちょっと気分が楽になりました。

実技試験は自分の車で受けます。ラングラーに座って待っていると、試験官が乗ってきてスタートです。「ゴー・ストレイト（直進）」「ターン・ライト（右折）」――。最後にポールの間に車を入れて駐車します。無事終了、１回で合格です。

近くの免許事務所に行って顔写真を撮り、「はい終了」となりました。すぐに免許証も渡してくれました。なんて効率がいいのでしょうか。その大事な記念の免許証はその後の度重なる引っ越しで失くしてしまいました。上気した青春の顔写真だったのに残念です。

私たちの愛車ラングラーは、スピードを出すとガタガタと変な音が出るのでいつもゆっくり走っていました。古いアメリカ車はガソリンをたくさん消費するので、お金のない私たちはやっとの思いで給油していました。ガソリンスタンドの黒人のお兄ちゃんはいつもニヤニヤして、少しだけ入れてくれました。アメリカはガソリンが安くて大型の車ばかり。若い人も平気で車を飛ばし、さぞかしガソリンを使っていたのではないでしょうか。お金持ちの国は違います。

運転にも少しずつ慣れ、若い時ですから、バージニア州のお友だちのところへドライブして、帰りはポトマック川にかかる橋を渡って自分のアパートに帰れるようになりました。ある日、夫の会社の社長さんのミスター・ダンハムが、バージニア州にある有名な観光地の「ウィリアムズバーグ」に連れていってくれました。開拓時代の街並みを再現しています。

運転はミセス・ダンハムです。車はなんと英高級車のジャガーでした。ミセス・ダンハムは小柄ですが、博士号も持っているインテリなのです。車はミセスのもので、私たちはおそるおそる乗せていただきました。その速いこと、速いこと。私は肝をひやし、まともに外を見られないほどでした。

　ハイウェイの外側のいちばんスピードの出るレーンを他の車を追い抜いてゆくのです。皮張りの豪華な内装も何もかもびっくりです。その後の人生で、２度とジャガーに乗ることはありませんでした。

　車に乗るようになって分かったのですが、時々交差点がサークル（環状交差点）になっています。サークルから次の道へ出るためグルグルとまわって出るのですが、最初の頃はうまく出られません。すると、必ずどなたかが道をゆずってくれました。皆さんゆとりを持って運転しているのです。

　ラングラーがわが家に来ると、さっそく私の出番です。夫の助手として現場に行くのです。中古の家などの見取り図をつくるため、メジャーで測ります。私は一方の端を持ってあちこち動きまわりました。

「これでいいの？」「大丈夫かしら？」と思いましたが、夫はその夜には、きれいに図面を描き上げました。建築科出身で良かった。図面作成の仕事代は少しずつ上がっていきま

1964年初夏。ロッククリーク公園にある動物園で志賀かう子さんとの再会を喜ぶ。(手前がかう子さん)

した。そこは「さすがアメリカ」です。夫の実力を認めてくれました。

ワシントンで暮らした2年間、故障もなく走ってくれたラングラーはいい車でした。

(夫・栄一の手記より)

たいていのことは電話で連絡がつくけれども、やはり学校と自宅、ダンハム家と現場をいったり来たりするには足がほしい。そこで、彼の勧めもあり、夏休みを利用して運転免許を取ることにした。

1教程1時間で7ドルだから、とれるまでは約130ドルかかる。前もって時間を打ち合わせておくと、ドライブ・スクールの車で自宅まで迎えに来てくれ、いきなり路上運転を始めるのだから驚いた。日本に比べたら、自転車を習うようなもので、比較的簡単に取れる。

ダンハム氏は、機動力を増すため、私に１５０ドルのステーションワゴンを購入してくれた。しばらくして、妻に運転を教え、ほとんどガソリン代だけの費用で簡単にライセンスを取ってしまった。運動神経が発達しているらしく、試験も１回でパス、現在まで無事故である。先生である私が、時々事故やパーキング違反をしたので、いまだに妻には頭が上がらない。

このポンコツ、けっこう私たちの生活を能率よくし、役に立ってくれた。10志賀代議士の令嬢かう子さんが、先生と一緒にワシントンを訪ねられた時には、このオンボロに乗っていただいた。アメリカの生活は、自動車なくしては考えられないと言っても過言ではない。

10 岩手県出身の元衆議院議員で元防衛庁長官の故志賀健次郎氏。栄一は早稲田大学政治学科に在学中から志賀氏と前述の千田正氏に師事し、１９６１年の大学卒業と同時に千田氏の秘書となった。志賀かう子さんは83年、著書『祖母、わたしの明治』で日本エッセイスト・クラブ賞を受賞された。

さて、このダンハム氏、1年半ほどの間に、私の給料をドンドン上げ、当初の倍以上の3ドルになっていた。もちろん、米国と日本では生活の程度が違うけれども、それでもバイトの給料が1年半の間に2倍になることは難しく、珍しいことなのだ。私はアメリカの建設業界の経営者や労働者の実情の一端を、自分の体験を通して把握する機会をもった。

夢のようなアメリカ生活

私の生活にも少し変化があり、アルバイトが始まりました。たぶん家主のベーカーさんの紹介だったと思います。ベーカーさんはアメリカ生活が長いので顔が広く、私たちはおかげでいろいろな方とお知り合いになりました。私もアメリカ生活に慣れてきて、少しは気持ちにゆとりが出てきていました。

バイト先は、ハワイ出身の日系二世の方が営んでいるアジア系の食品・雑貨用品店です。店内には日本やハワイ、韓国のものまでにぎやかなモノがあふれているので、楽しい職場でした。私のような、ポッと出の気のきかない人間でも、なじみやすいお店です。お客様のお国もいろいろ違うので、よい経験をさせていただきました。

お店から頂いたお給料は週給だったと思いますが、私たちの生活には十分足りるほどだったのです。一般にモノが安かったためでしょうか、生活費はあまりかかりませんでした。それでも満足のいく暮らしができ、特別に望むこともなく平穏な毎日でした。

ある時、こんなことがありました。

珍しく「夫が音楽会にゆこう」と言ってくれたのです。ジョージタウン大学の教会で催される無料の小さな音楽会でした。その帰り、夜遅くなったのでタクシーを拾ったのですが、夫が運転手さんに自宅のある通りの名前を英語で伝えても通じません。「コネチカット・アヴェニュー」。夫は丁寧に発音しようとしますが、運転手さんはやはり理解できず、何度も聞き返すのです。今度は私が大きな声で「カナデカ、アーヴェニュー」と言うと、すぐに通じました。「運転手さん、もう少し親切にしてくれてもいいのに」と思うのは、日本的でしょうか。

（夫・栄一の手記より）

厳しい冬が過ぎると若芽の季節、春だ。春は桜に代表されるワシントンの桜祭りを見のがすことは出来ない。コネチカット通りにある私たちのアパートから自動車で５

分。ロック・クリークに沿って下るとすぐである。ポトマック河畔とふつう呼んでいるが、ワシントン側の河岸とタイダル・ベイスンと呼ばれる川の入りこんだところで、池になっている場所を指す。

その通りに桜が植えられており、周囲の樹木とあいまって快適なドライブウェイをなしている。現在見事な美しい花をつけている桜は、1912年（明治45年）に時の尾崎行雄東京市長が贈ったもので、そのいきさつはもっと以前にさかのぼる。第27代大統領のタフト氏が1909年に就任する前、夫人同伴で訪日され、桜の美しさに大変感動された。そこで東京市は日本訪問の答礼と就任を祝って、苗木2000本を贈ったのが始まりだそうだ。しかし、（最初に寄贈したサクラは）害虫のために全部焼き捨てなければならなかった。これについてはこんな面白い話が残っている。

アメリカの代理大使が市長にあやまりにやって来た。その時、尾崎さんはニッコリして「だって桜の木を切って、それを包みかくさず話すのは、ワシントン初代大統領以来の米国の精神でしょう」と逆になぐさめたそうだ。これは教科書などにもよく使われているけれども、ワシントン少年がお父さんの大切にしていた桜の木を切って、あとで正直にお父さんに白状したという有名な話からきている。

ここはよく手入れが行き届いている上に、池、桜、そして中央が丸天井の美しい、真っ白なジェファーソン記念館とよく調和し、絵ハガキや観光旅行者の記念写真に使われているのでなじみが深い。春の祭開きは米側から大統領御夫妻か政府の高官が出席し、日本側からは大使その他の日米親善に関係のある人々が集まって行われる。

１９３５年からは、この桜祭りに全米各州から一人ずつ選ばれたミス・サクラが集まり、日中のパレードに続き、夜はミス・サクラ女王コンテストが催され、その模様は全米にネットワークを通じて紹介される。ミス・サクラに選ばれた人は真珠をちりばめた王冠をかぶり、日本を訪れることになっている。１９６６年には日本のサクラの女王を選んで送り、この親善の雰囲気をいっそう盛り上がったものにした。

楽しいお買い物

私たちの住んでおりましたアパートは、スーパーマーケットまで歩いて5分、学校へはバスで5、６分、仕事場には25分と大変移動しやすいところにあったので、私もアメリカ人なみにあちこちと出歩いておりました。

近所でのお買い物にはもちろん車は使わず、買った商品を入れるための手押しのカート

いつもの買い物スタイル。コネチカット通り、クリングルバレーにかかる橋にて

を引いてゆきます。私がよく行ったのは、「ジャイアント」というスーパーマーケット・チェーンのお店でした。市内にある店舗ですから、規模は小さい方です。それでも店内には、缶詰類や冷凍品、飲み物から野菜、肉、魚、日常品までコーナーごとにきちんと分けられ、機能的に並んでいます。

カートを押しながら次々とほしいものを入れてゆくのは、楽しいものでした。缶詰の王国ですから、たくさんあるのはあたりまえでしょうが、その種類の豊富さには本当に感心しました。

おもしろいのは、猫や犬、鳥とペット用の食べ物までそれぞれコーナーがあって種類別に並んでいることです。私はよく猫のために缶詰を買いましたが、猫は安いものには見向きもせず、高いものは、さすがにおいしいのか、ムチャムチャと喜んで食べます。そんなわけで、ついつい良い方を買うことになりました。

さて、アメリカの食事はおいしくないでしょうとよく聞かれましたが、決してそんなことはなかったと思います。どうしても日本の料理でなければ、という人にはもちろんおいしくはないでしょう。そしてレストランを利用する人には、どこもみなメニューが画一的で、日本のようにはまいりません。しかし工夫次第で、バラエティーのある食事ができます。

簡単にすませようと、いつも街のレストランや冷凍料理ばかり食べていれば、おひとよしの御亭主でもいやになるでしょう。お肉などは日本よりずっと安いので（特に鶏肉は大幅に安かった）、いろんな肉料理を思うぞんぶん勉強できました。私にとっては、よい経験でした。

そうそう、肉の好きなアメリカ人も、金曜日にはお魚のステーキをいただく、という人が多く、おもしろく思いました。何でも、キリスト受難の日が金曜なので、肉は食べないのだそうです。主にカトリック教徒の習慣のようでしたが、マーケットに木曜や金曜に並ぶ食品は、魚の種類が多くなり、どうしても「お魚受難の日」になるわけです。アメリカの人たちが大きな魚をお肉のステーキよろしく、オーブンで焼き、真面目な顔でフォークとナイフでつついている様子は、魚を食べ慣れている私たち日本人の目には少し滑稽です。

私たちは貧乏学生の夫婦ですから、おのずと買い物先も、決まってしまいます。つまり、食料はマーケット、身のまわり品や、小物はダイムストアです。ダイムストアとは、ダイム（10セント硬貨のこと）の店ですから、だいたい商品は安くて、私には安心して買い物ができました。

洋服の生地から衣類、下着、くつ、家庭用品、ちょっとした家具までデパートのようにいちおう何でもあります。ひとりで勝手に店内を見て歩けますから、よくのんびりと眺めていたものです。

私のショッピングの日課として、また道順からも、スーパーマーケットの次はダイムストアに行くことになります。この2つのお店で全て用が足せますから便利です。私は仕事のない1日を「ショッピング・デー（買い物の日）」にし、フラストレーションを解消して帰ってまいりました。

たいていひとりで歩いてゆくので、パンや果物、野菜が入った紙袋（その頃は紙袋が普通でした）を抱えて帰ってくることもあります。すると、「持ってあげる」と申し出てくれる親切な男性がよくいらっしゃいました。「ノーサンキュー」と私は答えますが、それでもマンションの重い扉を開けてくれたりします。とても助かります。私は「サンキュー」とお礼を言いました。

少しの事でもすぐ手をさしのべてくれる気軽でさりげない親切が、米国人には身に付いていたのですね。なんとなく良い気分になりました。

（この節は1966年10月に書かれ、栄一の小冊子『石の上にも三年』に掲載された）

光熱費の安さにびっくり

私たちに部屋を貸して下さっているベーカーさんは、美容院で働いていました。ご自分のヘアスタイルもきれいにして出勤します。毎朝、出かける時に顔を見せて下さり、「今日のスタイルはいいでしょう」とよくおっしゃっていました。タバコもお酒も好きで、ときどき夫は下のバーで一緒に楽しんでいました。

夏のある日、ベーカーさんは、急に日本へ里帰りすることになり、私たちは1カ月以上アパートで留守番をすることになりました。その時に、ベーカーさんに支払っていただいていた私たちの電気料金、その他の光熱費を自分たちで支払いに行きました。私の記憶では、電気と水道、ガスが1つの請求書になっていて、近くの郵便局で払いました。

光熱費を支払うのは、初めての経験です。驚いたのは、その安さです。全部合計しても10ドルもないのです。貧しい私たちでも生活しやすいアメリカ、今は分かりませんが、食費や光熱費にお金がかからないのは本当に助かりました。

私は少しずつ路線バスに慣れて、時々ダウンタウンにも出かけます。

午前のバスに乗りこむと、バスの中は花が咲いたよう。着飾ったお年寄りの人たちでいっぱいで、「えー？　これは高齢者専用バスかもしれない」と思ったほどです。みなさん帽子やドレス、バッグが色とりどりで満開の花々のようでした。

当時の日本では絶対に見られない光景です。日本ではなるべく目立たない服装のお年寄りが多いものでしたが、米国では花のように着飾って、しかも訪れる場所があることは羨ましいかぎりです。米国の高齢者は、堂々としているように見えます。日本人と体格差があるというばかりではなく、自分の主張があって、それを伝える姿勢もあって、良い事だと思いました。

１９６４年は、東京オリンピックの年でした。私たちにとっても、とても楽しみな出来事で忘れられない年でした。テレビを見ることは、あまりありませんでしたが、東京でのオリンピックは特別でした。私たちには、読売新聞から取材の申し込みもあったのです。

開会式が始まると、さっそく夫に「感想を聞かせて下さい」と電話がきました。その時の取材内容は、翌日の朝刊に載ったのではないでしょうか。

世界を感激させた開会式

日本と一つキズナに

アメリカ暖かい目で見守る

宇宙テレビの成功

通信衛星シンコム3号―さわやかに晴れ渡った日本の秋空や、宇宙開発の科学技術がみごとにとらえた。ブラウン管にくっきり写し出された東京オリンピック。"地球の祭典"の世紀の祭典が、ワシントンへ、ニューヨークへ、ナマ放送された。そして、ヨーロッパでは、リレー衛星があざやかにキャッチ。世界じゅうの目と耳が、宇宙通信時代の第一歩をはなやかに飾った"東京の感激"に集中した。グンと狭くなった地球を縦横にかけめぐって"美と力"をストレートに伝えた感激の感動―。

ニューヨークでの放送は、十日午前一時から二時間という未明に行なわれたが、アメリカの土曜日は休日のせいもあって、ほとんどの家庭が、太平洋を越えてきた鮮明な画面にかたずをのんだ。

日本商社員の会員制のクラブである「日本クラブ」も、開館をまくにのばして一般の人にも開放サービス、姉の勤務に来ている土屋倒さんは「日本にいてもどっちみち開会式のキップは買えなかったと思うが、それが目のあたりにできて…。演出もいけるし、カメラ・ワークもとってもいい」。

「宇宙中継ができる時代にはいってから最初のオリンピック開催国になれるなんて、日本は幸福ね」と、これはニューヨークの商社に勤めている横山洋子さんの感激。

近くなった―感じを持った人たちは多かった。ジョージタウン大学院で政治学を専攻している石川俊了、有為子さん夫妻は「感激した。いま、このアパートの居間のテレビでみていて、国立競技場にいるのと同じような感じだった。先日のジョンソン、ラスクらのシンコム開通式の番組みは見のがしてしまったが、これが何千マイルも離れた日本からのナマ中継とは信じられないくらいだ」と声をはずませた。

「在米十六年になるわたしは、これがちょうど同じ時間に東京で行なわれているのかと思うと、ホームシックにかられて涙がこぼれそうです」と、ジェームズ・ウイッケル国務省文化担当官夫人の文子さんは語った。「アナウンサーが日本の繊細な美をほめているのを聞いて、とてもうれしかった。世界各国のキズナが結ばれたというよりは、地球が一つになり、もはや地続きになったといった方がよいかもしれない」

近代科学の力が、日本とアメリ

1964年10月11日　読売新聞

第4章　日本に帰国へ

～米大陸・太平洋横断の冒険～

大統領就任パレードを見学

夢のような平和な毎日が続きます。

アメリカでの2年足らずの生活は、私にとってふだんの2倍にも3倍にも感じられた時間と、体験の毎日であったように思われます。確かに生活のテンポの速さは日本以上で、仕事に対する報酬は時間単位、お給料は週給です。私にとっては、見るもの聞くもの、興味深いことばかりでした。新しい方々と知り合ったり、外国生活でいろいろな問題に直面したりしたことも含めて、今では楽しいことばかりが想い出されます。私は、そのままアメリカ生活を続けても良いぐらいで、空青く、さわやかな風のような心地でした。「古きよき時代」でもあったのでしょう。

でも、アメリカは政治的には、陰りも見え始めていました。話題と言えば、いつもベトナム戦争です。ニュースは毎日、「ベトナム」「ベトナム」でした。戦争に反対するデモがテレビに映っていた暗い場面を思い出します。

1965年1月の寒い時期、ジョンソン大統領の就任パレードを観に行こうという夫の発案で、2人で出かけました。1963年11月にケネディ大統領が暗殺された事件の後、

[11]ジョンソン副大統領が次の大統領になっていました。沿道には、人々が大勢いました。静かな雰囲気で、私も車の中のジョンソン大統領の横顔を拝見しましたが、全体的にお祝いムードとはほど遠いパレードだったのでしょうか。

（夫・栄一の手記より）

　ワシントン市民ばかりでなく、全国民にとって待ち遠しいものに、春の桜とオリンピックの年ごとにやってくる大統領就任式がある。サクラは日米友好のシンボルであり、後者は単にアメリカ市民だけでなく、世界の人々に祈りと期待をもって見守られ、その模様は全世界に報道される。貧乏学生ではあるが、若さと希望とバイタリティにあふれる私たちにとって、このまたとない機会は貴重であった。世界でもっとも重要なポストへの就任を祝うその瞬間が、多感な青年に与える影響は大である。インディアナの片田舎のアーラムのキャンパスでケネディ暗殺の悲報に接して以来、その時ま

[11]リンドン・ジョンソン氏は第36代米大統領（任期は１９６３～１９６９年）。２期目の就任式が１９６５年１月20日、首都ワシントンで催された。

でのいろいろなプロセスを、実際に現地で見聞して感慨ひとしおのものがあったわけである。

ここ、首都の正月は寒さが厳しい。妻と早目に出かけたが、それでも連邦議会議事堂などがあるキャピタル前の広場やパレードの行われるペンシルベニア大通りは、すでに歴史の瞬間を見逃すまいとする群衆でいっぱい。沿道の両側には有料スタンドができあがり、警備体制も怠りない。キャピタル前の特設スタンドで厳かな宣誓があり、それに引き続き就任演説がある。それが終わると2000メートルほどの距離を、ホワイトハウスに向かって移動するパレードに移るわけである。

大統領官邸と道路をはさんで向かい側のラファエット広場にはやはり特設スタンドが設けられ、正副大統領御夫妻とその家族が、パレードを見守る行列にいちいち丁寧に返礼される。これがなんと寒風吹きすさぶ正午ごろから始まって夕暮れまで続くのだから、アメリカの大統領はその1日目からして大変な重労働を課せられる。政治の世界で成功する第一の条件は、頑健な身体とタフネスの持ち主であることとはよくいわれることだが、この点に関しては西も東も同じである。

当日のパレードに参加するため、各州に前もって人数の割り当てがある。各州はそのローカル・カラーを織り込んで代表を考慮するわけである。例えば、アラスカはエスキモー・ダンスで、ハワイはフラダンス・スタイルの美人が愛嬌をふりまく。この参加者の中にはかなりの比率で、ウエストポイントやアナポリスにある士官学校の若者が花を添える。理由は2つある。第1に大統領は3軍の最高司令官である。したがって彼らがお祝いのパレードに参加するのは不思議なことではない。第2に彼らには集団美がありデモンストレーション向きで、この場の雰囲気を盛り上げてくれる。面白いのは正副大統領の出身州には割り当てがたくさんあって「おらが国さ」を謳歌するわけだ。夜は選挙に功労のあった人々が大統領に招待され、深夜になってようやく第1日目の激務にピリオドを打つ。全くご苦労様といいたい。

長くて短かったようなアメリカ生活も最後の方は居心地が良くなって、「日本へ帰りたい」という気持ちが4割で、「帰りたくない」が6割ぐらいになっていました。理由はいろいろありますが、何といっても、わずらわしい対人関係がないこと、そして生活のしやすさでしょう。

主人は大学院での学業があって、そこでは皆が対等の扱いをうけますから、甘い気持ちではいられません。でも、私は特に嫌な思いをさせられたこともなく、まずまずの日常でした。

米国には他人のことには干渉しないという個人主義もあったのでしょう。仕事とお金もうけに忙しい人たちですから、自分たちの害にさえならなければ、何も言いません。何をしようと、どんな格好で出歩こうと、自分たちのことだけを考えていればよいのですから気楽です。それはまた、自分のことは自分で責任を持つということにもなりますから、良く言えば子供のころから他人に頼らない独立した人間として成長していくことになります。

慌ただしい帰国準備

夫の決断で、日本に帰ることになりました。夫が勉強していたのは、新しい分野といわれた「国際関係論」でしたが、範囲が広くて難しい分野です。どうして途中でやめて、帰ることにしたのかは分かりませんが、[12]次の目的のようなことがあったのかも知れません。

帰国の準備で、わたしたちのアメリカ生活は最後まで慌ただしい日々でした。忙しい合間でしたが、皆様とのお別れパーティーを開かせていただき、楽しい時間でした。

そのころ、私は妊娠していることが分かったのです。その時どうしていたのか、よく覚えていませんが、夫には、また責任が増えてしまいました。それからの長い道中を思うと、不安でしたが、まあ何とかなるでしょう。

さあ、帰国ともなると、さまざまな問題がありました。帰国の日程を決めたり、出国に向けた手続きを終えたりする必要もあります。難関は帰国のための旅費の工面でした。その日暮らしの私たちには、２人で日本に帰国するための費用はとても高額です。夫は毎日忙しそうに動きまわり、夜も遅くまで頑張っていました。綱渡りのような日々です。

（夫・栄一の手記より）

夏期大学の前期終了後、帰国前日までの2カ月間、私はダンハム氏の建設会社で土、日なしでフルに稼ぎまくった。そうしないと帰国の船に乗れないのだから必死である。残業を2時間もすれば、1日1万円は軽い。使えるやつと分かれば、どんどん援助し、給料を上げてくれる。日本では考えられぬことだ。

12 栄一が後に語っていたところによると、当初から留学は3年間の予定で、帰国後は政治家になる初志を貫徹すべく活動する考えだった。帰国した翌1966年の8月からは当時、自民党幹事長だった故田中角栄元首相の事務所に勤務した。

荷作りが始まりました。どこから仕入れたのか、中古の大きなトランクがあります。木製で、黒くぬられていて頑丈な止め金がついています。どうやって運び込んだのでしょうか。みるみるうちに多くのモノが入っていきます。

貧乏学生だった私たちでも、3年もたつと荷物がふえています。その大半は夫の本です。どうしてもほしいと言って買ったブリタニカの大百科事典がありました。当時、ブリタニカは憧れの百科事典ですが、大きな何十冊もの大百科事典をどうやって日本に持ち帰るのかと心配でした。私も立ったまま使えるアイロン台を持って帰りたかったのです。当の本人は、いつものように、どうにかなると考えていたのでしょう。ブリタニカの大百科事典は、3つか、4つの束になっていました。

黙々と働く夫の姿を、見ていただけの私
美しいワシントンの街
楽しい想い出のアメリカ
ベーカーさん、ありがとうございました。

北米大陸横断のバス旅

いよいよグレイハウンドでのバス旅が始まります。アメリカ大陸を東から西へと横断します。想像できないほどの長距離を走り、１週間かけて日本行きの船が出港するサンフランシスコに行くのです。先のことは考えず、行くほかありません。

バスのターミナルで夫は重い本ばかりの荷物を、何度も往復して運んでいました。私はいつも荷物の見張り番で、腰かけて、その様子を見ていた記憶があります。

バスには倉庫のように大きな荷物置き場があって、わが家の本類が入った大きなトランクも、その中に消えてゆきました。荷物は無料ですから、大助かりです。バスの車両は時々交換されるので、夫はそのたびに荷物を載せかえなければならず、大変でした。

大きくて立派なグレイハウンドバスは、乗る人がまばらで、ゆったりした座席は思ったより快適でした。それでも身重のからだで１日中、同じ姿勢で椅子に座って過ごすのは苦しいものです。休憩する次のバスターミナルのことばかり、気にしています。どこのバスターミナルも同じようでした。景色を見る余裕はなく、早くバスの外に出たい思いでした。

１９６０年代のバスターミナルで売られていた食べ物は種類も少なく、食の細い私はどう乗り切ったのか。油分の多い肉や甘いあまいデザートばかりで、どんなに梅干し入りのおにぎりがあったら良かったか、とかなわぬ夢を頭に描きながら、この困難を乗り切るしかありません。

昔々、幌馬車隊が砂ぼこりを上げて走った、ルート66のハイウェイを、グレイハウンドバスは横ゆれすることもなく、ひた走って行きます。身重の私は気持ちが悪いというより気分が晴れず、いつも重いものがたちこめて、あまりおしゃべりもせずに座っていました。

ピッツバーグのような大きな都会を過ぎ、中西部のデトロイトで一泊したと思うのですが、私はうろ覚えです。やはり疲れていたのでしょう。

コロラド州のデンバーを過ぎ、ロッキー山脈に入りました。夜中にゴツゴツした岩山をいくつも越え、気がついた時には、窓の外が明るくなって、牧場のような広い所に出ました。間違っていなければ、「ララミー牧場」という看板を見たような気がします。やっと広大な米国の西側に来たのでしょうか。東から西への大陸の旅は、４、５千キロメートルあります。

遠くに、サンフランシスコの街の灯りが見えてバス旅の終わりが、近づいてきました。何とか若さで乗りきりました。夫が側にいてくれたのは心強く、２人で心からホッとしたのです。グレイハウンドバスはたくさんの荷物と私たちを安い運賃で無事に運んでくれました。私は立っているのもつらく、フラフラです。やっとの思いでバスを降りたのです。

サンフランシスコで待っていて下さったのは、同郷で1年先輩の旧友のYさんです。お会いするのは何年ぶりでしょうか。アメリカに来て初めて旧友に会えて、大感激でした。御主人もいらしていました。

でも、どうして到着の時間が分かっていたのでしょうか。私の知らない間に夫は、デンバーから連絡したそうです。商社マンの御主人とサンフランシスコに住んでいたYさんは、忙しい中を迎えて下さいました。

夜のゴールデン・ゲート・ブリッジ（金門橋）を車で走った時の海風の爽やかさは、サンフランシスコの美しい夜景に疲れた身体を忘れるほどで、慌ただしい中をありがとうございました。もっと時間に余裕があったら、久しぶりにお会いできたYさんとおしゃべりしたかったのに残念でした。重かった身体も軽くなり、次の船旅も頑張りましょうという気持ちになりました。

（夫・栄一の手記より）

1965年10月1日、首都ワシントンを出発して、10月20日に横浜港の埠頭にいたる20日間の旅行記である。これは私たちのアメリカにおける最後の冒険になった。しかし、私たちは半年も前から、この計画の準備をすでに開始していたのである。北米大陸を友人と自動車で横断する計画が、お互いの日程の関係で2回とも断念しなければならなかった。

結局、荷物がたくさんあることと、経費の節約、それに休養もかねて、帰路は高速大型定期バスと客船を利用することにした。アメリカの交通機関のなかで鉄道に対抗して目ざましい発達を遂げ、各地の旅行客に非常な便宜を与えているのがこの遠距離大型バスである。

私が冒険といったのは、ちょうどこの時、妻は妊娠3カ月の大切な時期だったのだ。もちろん、遠距離旅行は避けるに越したことはない。往路が別々であった2人は、悪戦苦闘の3年間を立派に切り抜けたのだ。帰路ぐらいは万難を排して一緒に帰りましようと言う妻の希望もあって、一足先に飛行機で帰ってもらう計画はとりやめた。

午後8時半、小雨降る中を、親しくしていた友人たちやその家族に別れを告げて、グレイハウンドバスの乗客となった。私は前日まで、日中は製図と現場の仕事に忙殺され、夜はお別れパーティーが３週間も前から続いていた。その上、荷造りや雑用で、相当タフな私もいささかグロッキー気味だったのだ。別れの感傷にひたるどころではない。バスは、そんな私たちにおかまいなく、最初の目的地シカゴをめざして突っ走る。

ピッツバーグ、デトロイト、ゲーリーを通って翌日のお昼すぎ、無事到着。16時間ちょっとの乗車時間である。昨日とは打って変わって好天にめぐまれ、妻の方も好調とはいえないが、結構、楽しんでいるようなので、ホッと胸をなでおろす。午後、シカゴが初めての妻を案内して、早目に知人宅に行き一泊する。

翌３日、午後２時半、次の１泊の休養地、コロラド州のデンバー市まで約26時間。少しずつピッチを上げて行く。ロッキー山脈の東のふもと、南プラット川にまたがる州都である。５２５０フィートの高所にあって、ロッキーのクィーンズシティー（女王の都市）ともよばれる。雨量は少なく、空気の乾燥した健康に良い土地として知られ、秋の紅葉の季節で雪をかぶった、コロラド・ロッキーの連峰を西に望んですばらしい風景である。ここにあるデンバー大学の鉱山学科は全米でも有名であるとか。

シカゴを出て10時間ぐらいはワシントンーシカゴ間と同じく、だいたい平地を走り、景色は平凡である。行けども行けども平たんな一面の畑ばかり。しかし、ロッキーのふもとに差しかかるあたりから、がぜんまわりの景色は変わる。牧畜地帯で、作物は育たない。バスは小高い丘の間をぬって少しずつ高度をあげ登って行く。途中、西部劇で有名な砦のあるシャイアンの町やテレビでおなじみの「ララミー牧場」の舞台を通過する。

このあたりになると無味乾燥な砂漠地帯に町ができ上がっている感じで、潤いや物静かな情緒などはない。こんな景色を1時間も眺めていると、すぐ飽きがくる。もっぱら居眠りか、間食をするだけである。長距離の旅行には、大体2~3時間おきに休憩のために10~15分の短いストップがあり、その間に用便を済ませたり、車の付近を散歩したりする。その他に、食事の時間のころになると、だいたいその辺の大きな町に止まるようになっていて、30~45分くらいの停車を通常としている。

長距離用バスには3種類あり、スーパー・コーチ（Super Coach）と呼ばれる普及型、ハイウェイ・トラベラー（Highway Traveler）という最新型、そのほか中2階式の展望用の豪華なものもある。それぞれ、座席は自由に調節できるようになっており、足掛け・個人用の照明ランプ・冷暖房装置もあり、その上、道路が完備しているので、乗り心地は申し分ない。座席の下は、両側から荷物が積めるようになっていて、バスの重心を下にもってくるのにも役立っている。旅行用荷物の350ポンド（約160キロ）は無料で運搬してくれる。

小さな田舎町から西部劇に出てくるようなスタイルの粋な大男が時々乗ってくるので、ここは西部であることを改めて思い知る。バス旅行の面白味はこのように、いろいろな景色や人、町などが手近に見られることにある。2度したら、馬鹿といわれても仕方がないが、1度はぜひ勧めたい。

バスターミナルに近いホテルに1泊する。バスの停車するところには、たいていセルフサービス式のカフェテリアがある。アメリカの食べ物については、果物の大きさと種類の多さ、一般食料品の豊富さ、アイスクリームのおいしさなど好評だが、カフェテリアのメニューの単調さには閉口する。デンバーではさもしい話だが、さっそく中華料理店を見つけ出して、ホッとした。

翌5日は、大塩湖やモルモン教宗本山の所在地で有名であり、ユタ州の首府でもあるソルトレーク市経由で、サンフランシスコに向け最終コースの約1500キロメートルである。

せっかくのロッキー越えだが、あいにく夜なので外界は見えない。真夜中、ソルトレーク市に入る。ここは美しい樹木と庭園が市をとりまく砂漠と対照をなしているところで、明け方だったが、十分にその面影を見ることができた。

このあたりから、全米から私たちと一緒の船に乗る人たちが少しずつ加わって来て、「サンフランシスコ近し」とひしひしと感ずる。そして目的地に近づくにつれ樹木が多くなり、かすかではあるが日本の山野を思わせる。サクラメント、バークレー、オークランドを通って夕方、街に入る。時間にして約30時間あまりである。

デンバーから電報を打ってあったので、水沢（現岩手県奥州市水沢）の知人御夫妻が迎えに来ていてくれた。御夫妻は商社のサンフランシスコ駐在員として来ておられた。

ちょうどこの夜、ニワトリ関係の視察に来られた別の水沢出身のA氏とも一緒になり、郷里の話に花が咲いた。あたたかいおもてなしを受け、21時過ぎにサンフランシスコの夜景を見に出かける。

太平洋横断の船旅

最後は船での旅となりました。

船名は「プレジデント・クリーブランド」。立派な名前ですが、少々古い客船だったと思います。黒くて大きな塊に見え、私は覚悟を決めて船に乗りこんだのです。サンフランシスコの港はどのようだったか、どんなお天気だったか、何も記憶にありません。やはり不安が大きかったようです。

船はサンフランシスコと横浜を結び、途中、ハワイに寄る２週間の旅程です。２段ベッドで海の見えない部屋は、息苦しくて、いつも甲板に出て、海を眺めながらボーッとしていました。船はいつも揺れて不安定です。モヤモヤする気分は、どうしようもありません。食事は皆でテーブルを囲むのですが、食欲がわきません。

私たちの３等客室は、若い人、特に学生さんが多く、皆さんとても元気にしています。甲板でゲームをしたり、プールに入ったり、毎日動きまわっていました。女性の旅行客は少なかったので、いつも椅子に座っている私は他のお客さんと遊ぶこともありませんでした。ちょっと悲しくもありました。

クリーブランド号の荷札　10月7日にサンフランシスコを出港して
10月20日横浜港に着岸した

1週間目に、やっと緑の島ハワイが見えてきて、みんな大騒ぎです。待ちに待った休日がきたようでした。ハワイがアメリカの50番目の州になったのは、１９５９年のことです。私たちが見たハワイは１９６５年ですから、正式にアメリカになって6年後の姿だったのでしょう。今から、60年近く前のハワイは、緑にあふれ、高い建物もなく静かな島でした。

船が港について、ハワイアンの音楽が流れていたわけでもなく、静かに岸壁に横づけしたのではないでしょうか。記憶に残っていません。私は陸にたどり着いたので、やっと解放されたように元気になりました。

日本人も多く住んでいました。平屋が並ぶのどかな風景で、日本の田舎と間違えそうです。私たちは日系人のデージーさんの家を訪ねました。ワシントンでお世話になったベーカーさんのお友達です。日本名は分かりません。私たちは「デージーさん」とお呼びしていました。

南国風の平屋の一軒家で、御主人とお子さんの３人家族でした。明るくて、おしゃべりが上手です。こんな楽しい人柄のデージーさんもベーカーさんと同じく横浜出身の「ハマっ子」でした。旦那さんが、大きなパイナップルを切ってくれ、そよ風の吹きぬける家で御馳走になり、忘れられないひと時でした。村の中にはうどん屋さんもあって、夫と私はやっと日本食でひと息つけたのです。

それから１週間後の10月20日、プレジデント・クリーブランド号は、無事横浜の港に着きました。夫のブリタニカの大百科事典も私のアイロン台も届きました。日本に戻ってからしばらくして、無事に男の子を出産。お腹の中であの厳しい長旅に耐えてくれました。

（夫・栄一の手記より）

10月7日午後3時、いよいよ米本土を離れる時が来た。秋晴れの美しい日、午後2時に乗船。アメリカン・プレジデント・ラインズ（ＡＰＬ）社所属の美しい1万8千トンの巨船である。私がこの船を選んだ理由は、ハワイ経由だからである。

船首から船尾まで、５色のテープの波の上で船上の人と見送りの人とが結ばれる。

悲喜こもごもの光景の中に巨体は徐々に桟橋を離れて行く。たいていのことには動じない私だが、やはり3年間の苦闘が走馬燈のように横切る。少しずつ遠くなるシスコの街を凝視する以外、なすすべを知らなかった。言葉では上手に言えないのだ。

船上から眺めるシスコの街は起伏が多く実に美しい。有名な金門橋の下を通過するともう太平洋である。面白いもので、後から思うと、ハワイ・横浜間よりも、シスコ・ハワイ間が比較的長く感じる。

12日早朝、ホノルルに入港。島影が見え出してから、岸壁に巨体を横づけにするまで、約1時間はかかる。米大陸の荒涼さにあきあきしていた私の前に水平線上に散在する島々が、朝もやの中に、その濃いグリーンの姿を現した。目にしみるようだ。これが北太平洋上の楽園なのだ。往路は上空から夜景のすばらしさを味わったが、早朝、船上からの美しい海岸線もまた格別であった。

あいにく、上陸間際に小雨が降り出したが、ワシントンで親しくしており、目下、ハワイ大学で教えておられるH御夫妻が迎えに出てくれた。熱帯の花々で作ったレイ(花輪)をかけてもらう。少し照れたがその格好で、半日島内を案内していただく。午後、妻と一緒にハワイのショッピングを楽しむ。お土産専門のインターナショナル・マーケットというのがあって便利だ。こんな小雨模様は珍しいと説明してくれたが、ワイキキでは波乗りを楽しんでいる人たちが何人かいる。アロハの塔で知られた港、美しい街路樹に飾られた広場、草木は年中、青々として、海も空も地上も、青と緑に包まれ、この世ながらのパラダイスを思わせる。

日本の同時通訳の草分けの一人である村松増美御夫妻も帰国途中、一足先にハワイに寄られたので、彼らのお友だちの日系市民、藤本さん宅を訪問した。御主人自ら、料理してくれたパイナップルを存分に味わう。初対面なのだが、大変御世話になる。

これがハワイ・スタイルの歓迎なのだと言ってくれた。

12日の真夜中、いよいよ日本をめざしてハワイを出航する。海と空だけの単調な2週間の船旅の無聊《ぶりょう》を、いかにして慰め、過ごさせるかが、事務長や船員の重要な仕事の一つでもある。1等船客と3等船客は完全に生活が分離されている。いろいろな催しも、それぞれ異なる。

生活の単調さを破るものに、だいたい4つの方法がある。第1に食事に変化をつけること。第2に娯楽的な催しもので、例えば、ゲーム、ダンス、映画など。第3に宗教生活。最後は運動面の生活で、水泳や船上ゴルフ、卓球大会その他がある。掲示も

上・横浜港に近づくクリーブランド号
下・下船して安堵の表情の筆者と栄一

アナウンスもメニューも英語、日本語、中国語の3カ国語が使用される。その他、水平線上はるか遠くをすれちがう船を見つけて歓声を上げ、銀色の美しいトビウオの群れが波の上を飛んだといっては叫び声が甲板から聞こえる。

日本に上陸する朝などは、大変なさわぎだ。しかし、一番印象的だったのは、朝、漁が終わって港に帰る小舟が群をなしているその光景であった。これを見て、さあ、俺は日本に帰って来たのだと自分に言い聞かせた。翌1966年5月、長男が誕生。彼は私たちの北米大陸・太平洋横断中、必死に母体にしがみつき、生き抜いてきた。こうして、私たちのアメリカ最後の冒険も無事終えることができたのである。

60年前のあのころといまを行き来しながら、原稿用紙に書いてみました。夫が小冊子にまとめていた留学生活の手記も、これまで私は見ることもなく過ごしていましたが、読んでみました。元気で強かった夫の存在がなくなった現実を改めて感じます。

息子は早稲田大学在学中に交換留学生として、アーラム・カレッジに1年間、お世話になりました。夫は晩年、病に倒れるまでアーラムへの寄付をさせていただきました。長い長いお付き合いでした。

短いようで、長かったアメリカでの生活は、月並みですが、いまとなっては、夢のような、私の宝物となりました。皆様とのあたたかい交流は、慌ただしい現実の、次々と変わってゆくような毎日とは対照的に思える世界でした。

時々、昔の人たち、なつかしい場所が目の前に現れるようです。素晴らしい思い出をありがとうございました。

２０２３年９月30日

石川　有為子

あとがき

母は、私たち兄妹が小さい時から度々アメリカ時代の話をしてくれました。大変だったことよりも、アメリカの進んだ生活や異文化に触れた喜び、そして何より貧しいながらも父との新婚生活を楽しんだ思い出として話していたように思います。小さかった私は、1ドル360円時代、何のつてもない貧乏学生が留学して妻を呼び寄せることの大変さを理解することはできず、当時テレビ放映されていた米コメディー・ドラマ・シリーズ『奥様は魔女』を観ながら、母が体験したであろう生活はきっとこんな感じなのだろうとぼんやり想像することしかできませんでした。

父の定年後20年間、伊豆高原で生活していた両親でしたが、父に介護が必要となり、私の家の近くに住むことになりました。父が亡くなった後は、読書・体操教室・編み物・お菓子作り等をして母は一人の生活をそれなりに楽しんでいるようでした。でもその頃から、「アメリカ時代のことを孫たちに伝えたい」と話すようになりました。あまりに度々言うので「文章で残してみたら」と伝えました。母は読書家でしたし、日々の出来事を俳句や短歌にしていたので、できなくはないと思ったからです。

そしてある日、「これに応募しようと思う」と『Reライフ文学賞募集』の新聞切り抜きを見せてくれました。初めて長文を書くので、果たしてできるのかという思いもありましたが、母はいそいそとノートを買い、構想を練っていました。

「『さあ、日本へ帰るぞ！』という書き出しにしようと思うの。お父さん、本当にこう言ったのよ！」。最初が決まったことで、この日から文章を書くことに没頭しました。しかし、高齢でしかも体の弱かった母は、1日にノート2ページ以上書くと翌日は決まって体調を崩していました。それでも書く意欲は衰えず、「次から次へと書きたいことが出てくるのよ」と言いながら書き進めるとともに、渡米に尽力してくださった方々やお世話になった方々への感謝の思い、そして自分をアメリカに連れて行ってくれた父の行動力と愛情を再確認し、「お父さんは本当にすごいわね」と何度も涙していました。

書き上げた後から母の体調が少しずつ悪くなりました。最初は疲れからくるのかと思っていましたが、4月に入院し2週間で亡くなってしまいました。しかし、入院中に出版社から連絡があり、書籍化する話があることを伝えることができました。「孫たちに伝えたい」という願いが実現でき、母もきっと喜んでいることと思います。

長女　亜希子

表紙の写真はアメリカ滞在の思い出に、首都ワシントン・ポトマック川の桜並木で撮影したものです。〝日米交流史〟の象徴でもあるポトマック川の桜は、遠い異国で暮らす若いふたりにとって日本を感じられる特別な場所でした。2年のワシントン滞在中、桜の季節には必ず正装で訪れ記念撮影をしたようです。ポトマックの桜並木で撮影した写真は両親のお気に入りで、ふたりの冒険譚の象徴としてリビングに長年飾られていました。

書籍化に向けて、最初にお手紙をくださった文芸社出版企画部、編集部の各ご担当者様、アーラム・カレッジの皆様、そして60年前の関係者、許諾に協力してくださったすべてのかたに感謝いたします。許諾を進める中で、ご遺族のかた、懐かしいかたと交流する機会に恵まれたのは母の置き土産でしょうか。

今年も3月20日から、ワシントンで『全米桜祭り』が開催されるそうです。60年前と変わらずに、今も美しく咲き誇るポトマック川の桜並木に想いを馳せながら、亡き両親に『ポトマック川のほとりで』の完成を報告したいと思います。

次女　由紀子

石川　栄一（いしかわ　えいいち）プロフィール

昭和12年（１９３７年）２月17日、大工の棟梁だった栄之丞とサヨの長男として岩手県胆沢郡南都田村（現・奥州市）に生まれる。昭和30年３月、岩手県立盛岡工業高校建築科卒。昭和36年３月、早稲田大学政治経済学部政治学科卒、千田正氏（当時：参議院議員）の秘書に。昭和37年11月、単身渡米。昭和38年春から約１年間、アーラム・カレッジに留学。昭和39年３月、ジョージタウン大学大学院入学。昭和40年10月、日本に帰国。昭和41年８月、田中角栄（元首相）事務所に勤務。昭和42年３月、田中氏の支援で株式会社石川工業を設立。事業に失敗した後、サラリーマンに。令和２年（２０２０年）７月12日、死去。

著者プロフィール

石川 有為子（いしかわ ういこ）

昭和12年（1937年）４月９日、旧制中学の校長だった佐藤忠明・シヅの３女として北海道札幌市に生まれ、旭川市で育つ。昭和21年、母の故郷の岩手県水沢市（現・奥州市）佐倉河に転居。昭和31年３月岩手県立水沢高校卒。昭和33年３月東京女子体育短期大学卒。短大卒業後、参議院会館に秘書として勤務。昭和37年８月千田正氏（元参議院議員、元岩手県知事）の媒酌で栄一と結婚。昭和39年１月渡米。昭和40年10月、日本に帰国。令和６年（2024年）４月15日、死去。夫・栄一との間に１男２女。

ポトマック川《リバー》のほとりで ～1960年代 文無し新婚夫婦のアメリカ滞在記～

2025年３月15日　初版第１刷発行

著　者　石川 有為子

発行者　瓜谷 綱延

発行所　株式会社文芸社

〒160-0022　東京都新宿区新宿1－10－1

電話　03-5369-3060（代表）

03-5369-2299（販売）

印刷所　TOPPANクロレ株式会社

ISBN978-4-286-26150-8